日本児童文学者協会70周年企画　児童文学 10の冒険

友だちになる理由

編＝日本児童文学者協会

偕成社

児童文学　10の冒険

友だちになる理由

児童文学 10の冒険

友だちになる理由

もくじ

凡例

- 本シリーズは各巻に三〜五点の作品を収録した。
- 選集、全集などの単行本以外を底本とした場合は、出典一覧にその旨を記した。
- 一部の作品は著者が部分的に加筆修正した。
- 漢字には振り仮名を付した。
- 表記は原則として底本どおりとし、明らかな誤記は訂正した。また、本文中の一部に現在では不適当な表現もあるが、作品発表時の時代背景などを考慮し、底本どおりとした。

Two Trains

～とぅーとれいんず～

魚《うお》住《ずみ》直《なお》子《こ》

1

十七時四十三分発《ぶんはつ》の電車《でんしゃ》に乗《の》ると、空《あ》いている席《せき》はなかった。長谷川《はせがわ》ひなたは、いつもと同《おな》じドアのそばに立《た》った。

見《み》てきたばかりのマンションのベランダが、ぼんやりと目《め》にうかぶ。もの干《ほ》しざおに、タオルやT《ティー》シャツが干《ほ》されていたが、全部《ぜんぶ》、下《した》がすぼんでいた。窓《まど》のカーテンは閉《し》められていたけれど、合《あ》わせたところがゆがみ、だらしない感《かん》じがした。

今《いま》は、お父《とう》さんがひとりで住《す》んでいる家《いえ》だ。ひと月前《つきまえ》に、お母《かあ》さんとひなたが出《で》ていったとき、お母《かあ》さんはベランダの植木《うえき》を全部《ぜんぶ》、持《も》って出《で》た。ひとはちでも残《のこ》してあげたら、今《いま》でもこぎれいな感《かん》じだったかもしれない。でもお父《とう》さんだったら、水《みず》をやらずに枯《か》らすだけだろうか。

そのとき、電車《でんしゃ》が動《うご》きはじめた。ひなたは我《われ》に返《かえ》り、考《かんが》えるのをやめた。

外《そと》を見《み》ると、となりの線路《せんろ》でも電車《でんしゃ》が走《はし》りだした。今《いま》の駅《えき》を同時《どうじ》に出《で》て、一、二分並《ふんなら》んで走《はし》ったあとで分《わ》かれるのだ。ひなたが乗《の》っているのは、丘《おか》の上《うえ》の町《まち》行《ゆ》きで、となりは海《うみ》沿《ぞ》いを走《はし》り、岬《みさき》まで行《い》く電車《でんしゃ》だ。

並《なら》んで走《はし》る終《お》わりのほうで、二つの電車《でんしゃ》がすごく近《ちか》づく瞬間《しゅんかん》がある。初《はじ》めて見《み》たときはぶつかるんじゃないかとこわくなったが、何度《なんど》か見《み》るうちに慣《な》れた。

そうだ、あの子《こ》はいるだろうか。

先週《せんしゅう》、向《む》こうの電車《でんしゃ》に、ひなたと同《おな》い年《どし》くらいの女《おんな》の子《こ》が、乗《の》っているのが見《み》えた。その子《こ》も、ひなたと同《おな》じようにドアのそばに立《た》って、つかれたように外《そと》をながめていた。

向《む》こうの電車《でんしゃ》が近《ちか》づいてくる。こみ具合《ぐあい》もこちらと同《おな》じだ。ぱらぱらと人《ひと》が立《た》っている。いた。あの子《こ》だ。今日《きょう》も、ドアにもたれるようにして立《た》っている。

その瞬間《しゅんかん》、どきっとした。相手《あいて》もこちらを見《み》ている。

ひなたはあわてて目《め》をそらした。数秒後《すうびょうご》、気《き》になってまた見《み》ると、ちょうど電車《でんしゃ》が一番《いちばん》近《ちか》づいたときだった。女《おんな》の子《こ》は、ほんの一メートル先《さき》の空中《くうちゅう》に立《た》ち、まだこちらを見《み》ている。

ふいに、女《おんな》の子《こ》は笑顔《えがお》になり、手《て》をふった。

「えっ？」

おどろいて、ひなたは思《おも》わず、あたりを見《み》まわした。もしかして、こっちの電車《でんしゃ》にあの子《こ》の友《とも》だちがいるのだろうか。でも、ひなたのそばには、だれもいない。

外《そと》に目《め》をもどすと、電車《でんしゃ》は、はなれはじめていた。

向《む》こうの電車《でんしゃ》のほうが、スピードを上《あ》げていく。手《て》をふった女《おんな》の子《こ》の姿《すがた》も、先頭方向《せんとうほうこう》にずれて、みるみる小《ちい》さくなっていく。ひなたは急《いそ》いで手《て》をふりかえした。

「ピアノのことだけど。」

お母《かあ》さんがひなたを見《み》た。

「電車《でんしゃ》であそこまで通《かよ》うの、やっぱり大変《たいへん》じゃない？」

「ほんと、そうね。」

おばあちゃんがうなずく。おじいちゃんはだまって野球中継《やきゅうちゅうけい》を見《み》ている。

「べつに大変《たいへん》じゃないよ。」

ひなたはクリームシチューをすくった。

「だって電車《でんしゃ》に乗《の》ってるのは十五分《ふん》だけど、電車《でんしゃ》を待《ま》つ時間《じかん》があるから、うちに帰《かえ》ってきたら六時半《じはん》になるでしょ。今《いま》はいいけど、冬《ふゆ》は真《ま》っ暗《くら》よ。」

「これから夏《なつ》じゃん。」

ひなたは笑《わら》った。

「だから、今《いま》はいいけど、っていったじゃない。」

お母《かあ》さんは子《こ》どもみたいに口《くち》をとがらせた。

「それに、今《いま》のピアノの先生《せんせい》が特別《とくべつ》いいなら話《はなし》は別《べつ》だけど、こっちの駅前《えきまえ》にも同《おな》じ教室《きょうしつ》があるんだし。」

テーブルにはクリームシチューのほかにヒレカツ、刺身《さしみ》、ポテトサラダ、鯵《あじ》と玉《たま》ねぎのマリネもある。全部《ぜんぶ》おばあちゃんの手《て》づくりだ。

四月《がつ》からおばあちゃんの料理《りょうり》を毎日《まいにち》たっぷり食《た》べるようになって、ひなたもお母《かあ》さんも太《ふと》った。

「ねえ、ひなた聞《き》いてるの？　もう一か月《げつ》たったんだし、そろそろこっちの教室《きょうしつ》に変《か》わったらどうかな。」

お母《かあ》さんがまだいっている。

ひなたのかわりにおじいちゃんが、うるさそうな顔《かお》をした。

「好《す》きにさせればいいじゃないか。本人《ほんにん》がだいじょうぶだっていってるんだから。」

2

ベランダに、今日《きょう》はなにも干《ほ》されていない。

ベランダに面《めん》しているのは二つの部屋《へや》で、フローリングと和室《わしつ》だ。ひなたが住《す》んでいたときは、フローリングの部屋《へや》が居間《いま》で、和室《わしつ》はお母《かあ》さんの寝室《しんしつ》だった。

今《いま》、和室《わしつ》の窓《まど》には、カーテンが引《ひ》かれている。フローリングのほうは、レースのカーテンだけだが、レースの向《む》こうは暗《くら》くて、中《なか》の様子《ようす》はわからない。わかったとしても、こんな時間《じかん》にお父《とう》さんが帰《かえ》ってきているはずはないから、だれもいないのはたしかだ。

ひなたは、うで時計《どけい》を見《み》た。

五時《じ》二十分《ぷん》。いつも二十五分《ふん》になったら駅《えき》に向《む》かうことにしている。

「ひなちゃん？」

後《うし》ろから声《こえ》がした。ひなたは、びくっとした。

「やっぱり、ひなちゃんだ。」

ふり返《かえ》ると、知《し》り合《あ》いのおばさんが、にこにこしてスーパーの袋《ふくろ》を持《も》って立《た》っていた。マンションの一階《かい》に住《す》んでいるひとだ。ひなたより二つ下《した》の女《おんな》の子《こ》がいて、ひなたが小《ちい》さいころ、何度《なんど》か一緒《いっしょ》に遊《あそ》んだことがある。

「久《ひさ》しぶりね。お母《かあ》さんは元気《げんき》？」

「元気《げんき》です。」

ひなたは、小《ちい》さな声《こえ》で答《こた》えた。

「新《あたら》しい学校《がっこう》はどう？　もう慣《な》れた？」

ひなたは、だまってうなずく。

「今《いま》は、おばあちゃんとおじいちゃんがいらっしゃるから、安心《あんしん》ね。」

おばさんは最後《さいご》の「ね」に合《あ》わせて、首《くび》をかたむけた。ひなたはうつむいた。

「それで今日《きょう》は、お父《とう》さんのところに遊《あそ》びに、」

おばさんがいいかけたとき、

「さよならっ。」

ひなたは駅《えき》に向《む》かってかけだした。

マンションを見《み》る場所《ばしょ》は、大《おお》きな道路《どうろ》をはさんだ歩道《ほどう》の自動販売機《じどうはんばいき》のかげと決《き》めていた。知《し》っているひとには会《あ》わない場所《ばしょ》だと、勝手《かって》に思《おも》いこんでいた自分《じぶん》がはずかしかった。

息《いき》を切《き》らしながら駅《えき》に着《つ》くと、電車《でんしゃ》はもう来《き》ていたが、なかなか出発《しゅっぱつ》しない。

「信号機《しんごうき》の故障《こしょう》です。もうしばらくお待《ま》ちください。」

車内《しゃない》アナウンスが流《なが》れてきた。

走《はし》ってきたから暑《あつ》い。ひなたは電車《でんしゃ》をいったん降《お》りて、ホームで待《ま》つことにした。

時刻表《じこくひょう》の看板《かんばん》のそばに立《た》ち、手《て》であおいでいると、向《む》こうから女《おんな》の子《こ》が歩《ある》いてきた。

……見覚《みおぼ》えのある子《こ》だ。

そうだ、となりの電車《でんしゃ》にいつも乗《の》っている、あの子《こ》だ。

相手《あいて》も、ひなたを見《み》ると気《き》がついたらしい。

「そうか。そっちも止《と》まってるんだ。」

女《おんな》の子《こ》はそういうと、にこっとした。電車《でんしゃ》で見《み》るよりもちょっと背《せ》が高《たか》い。ジーンズをはいた足《あし》もすらりとしている。はなれぎみの目《め》は、いつも笑《わら》っているような三日月形《みかづきがた》だ。

「このあいだ、手《て》をふってくれてありがとう。」

ひなたがいうと、女《おんな》の子《こ》は照《て》れくさそうな顔《かお》になり、ううん、と頭《あたま》をふった。

「前《まえ》から気《き》になってたから、手《て》をふったの。」

ひなたはびっくりした。

「前《まえ》から？」

ということは、向《む》こうもひなたを見《み》ていたのか。

「いつも外《そと》をぼんやり見《み》てるでしょ？」

ひなたはおかしくなった。それはこっちが思《おも》っていたことだ。

「あなたもそうでしょ？」

「えっ、そうかな。」

女《おんな》の子《こ》は一瞬《いっしゅん》おどろいた顔《かお》をしたが、すぐに笑《わら》いだした。

「そうか、電車《でんしゃ》に乗《の》ったら、だれでも外《そと》を見《み》るよね。」

女《おんな》の子《こ》は、小村美咲《こむらみさき》という名前《なまえ》で、海沿《うみぞ》いの町《まち》の小学校《しょうがっこう》に行《い》っているといった。

「わたしは六年《ねん》だけど、小村《こむら》さんは何年《なんねん》？」

「わたしも六年《ねん》よ。」

「やっぱり。同《おな》じ年《とし》かなって思《おも》ったの。」

ひなたはうれしかった。

「わたし、この駅《えき》の近《ちか》くのピアノ教室《きょうしつ》に週《しゅう》に一度《ど》通《かよ》ってるの。小村《こむら》さんも、この駅《えき》から乗《の》ってるの？」

「うん。わたしは毎日《まいにち》、塾《じゅく》。」

ということは、かたにさげている大《おお》きなふくらんだリュックには、テキストや参考書《さんこうしょ》が入《はい》っているのだろう。

そのとき、ひなたの電車《でんしゃ》のほうが先《さき》に出発《しゅっぱつ》しますというアナウンスが流《なが》れた。ひなたは急《いそ》いでたずねた。

「いつも五時《じ》四十三分《ぷん》の電車《でんしゃ》に乗《の》るの？」

小村《こむら》さんはうなずいてから、うれしそうにいった。

「また、来週《らいしゅう》ここで会《あ》えるね。」

3

大《おお》きなイルカが、軽々《かるがる》とジャンプして高《たか》い天井《てんじょう》からつるされた輪《わ》をくぐりぬけた。観《かん》客席《きゃくせき》からいっせいに拍手《はくしゅ》がわきおこる。

ひなたのとなりで、お父《とう》さんもうれしそうに手《て》をたたいた。

「すごいなあ。なんであんなにジャンプできるのかな。」

月《つき》のはじめの休日《きゅうじつ》は、お父《とう》さんと会《あ》うことになっている。先月《せんげつ》は映画《えいが》を見《み》に行《い》った。今月《こんげつ》は水族館《すいぞくかん》だ。

今《いま》までひなたは、お父《とう》さんとめったにしゃべらなかった。月曜《げつよう》から金曜《きんよう》まで夜中《よなか》に帰《かえ》ってきて、土曜日《どようび》は一日中《いちにちじゅう》寝《ね》ていて、日曜日《にちようび》の夕方《ゆうがた》にやっと起《お》きる。

お母《かあ》さんもずっと働《はたら》いているが、家事《かじ》やひなたの用事《ようじ》は、お母《かあ》さんの役目《やくめ》だった。でも、できないことが多《おお》くて、おばあちゃんがしょっちゅう手伝《てつだ》いに来《き》てくれた。

「助《たす》け合《あ》う気持《きも》ちがないなら、一緒《いっしょ》にいる意味《いみ》なんかないでしょ。わたしだって大変《たいへん》なのよ。せめて土日《どにち》はもっと早《はや》く起《お》きてよ。」

ひなたが物心《ものごころ》ついたときから、お母《かあ》さんはお父《とう》さんにいつも腹《はら》を立《た》てていた。

「仕事《しごと》が言《い》い訳《わけ》になるなら、わたしはどうなるの。わたしは、仕事《しごと》も、ひなたのことも、家事《かじ》もやらなきゃいけないのよ。」

お父《とう》さんはむっつりだまりこむだけで、玄関《げんかん》わきの自分《じぶん》の寝室《しんしつ》にこもった。

ところが去年《きょねん》の夏《なつ》、それまでくり返《かえ》されてきたお母《かあ》さんの爆発《ばくはつ》がなくなった。お母《かあ》さんが一切《いっさい》、お父《とう》さんに話《はな》しかけなくなったのだ。何《なん》か月《げつ》もそういう状態《じょうたい》が続《つづ》いたあと、お正月《しょうがつ》を過《す》ぎると、突然《とつぜん》、仲良《なかよ》さそうにしゃべるようになった。ひなたは、すごくうれしかったが、あとで聞《き》くと、そのときすでに、ひなたとお母《かあ》さんがマンションを出《で》て、おばあちゃんの家《いえ》に引《ひ》っ越《こ》すことが決《き》まっていたのだ。

二人《ふたり》はひなたに何度《なんど》もあやまった。

「でも、ひなたにとってお父《とう》さん、お母《かあ》さんであることは永遠《えいえん》に変《か》わらないんだよ。」

イルカのショーのあと、ひなたとお父《とう》さんは園内《えんない》のレストランで昼食《ちゅうしょく》をとった。

お父《とう》さんは先月見《せんげつみ》に行《い》った映画《えいが》がおもしろかったから、前《まえ》のシリーズもDVD《ディーブイディー》を借《か》りて見《み》たんだと、楽《たの》しそうに話《はな》している。ひなたは、よく動《うご》くお父《とう》さんの口《くち》をじっと見《み》ていた。

お父《とう》さんの後《うし》ろで、海《うみ》が銀色《ぎんいろ》にきらきらと光《ひか》っている。

「ひなたは前《まえ》よりも明《あか》るくなったね。」

お父《とう》さんがいった。

「わたしが？」

ひなたはおどろいた。逆《ぎゃく》じゃないだろうか。お父《とう》さんが前《まえ》よりも明《あか》るくなった。

「ひなたが元気《げんき》になってくれると、お父《とう》さん、うれしいよ。」

それも逆《ぎゃく》だ。お父《とう》さんが元気《げんき》になってくれると、わたしはうれしい。

「お父《とう》さんは前《まえ》よりおしゃべりになったね。」

ひなたは、いった。

「そうかな。うん、そうだな。そうかもしれないな。ひなたには申《もう》し訳《わけ》ないんだけど、前《まえ》はしゃべりたいと思《おも》わなかったんだ。」

「今《いま》は？」

「今《いま》は話《はな》したいよ。昨日《きのう》の夜《よる》も、明日《あす》ひなたに会《あ》えるんだと思《おも》うと、楽《たの》しみでたまらなかったよ。」

4

小村《こむら》さんと駅《えき》のホームで毎週《まいしゅう》、会《あ》うようになった。

マンションのベランダは、ピアノの帰《かえ》りに見《み》に行《い》ったが、近所《きんじょ》のひとに声《こえ》をかけられたりしないように、もう立《た》ちどまらないことにした。そのかわり駅《えき》に早《はや》く着《つ》く。すると、たいてい小村《こむら》さんが来《き》ていて、四十三分《ぶん》の同時発《どうじはつ》の電車《でんしゃ》が出《で》るまで、立《た》ち話《ばなし》をした。

前《まえ》の晩《ばん》に見《み》たテレビや、共通《きょうつう》の好《す》きな歌手《かしゅ》についてとか、十分《ぷん》ほどおしゃべりするだけだけれど、小村《こむら》さんといると、とても気持《きも》ちが落《お》ち着《つ》いた。

小村《こむら》さんは、感《かん》じのいいひとだ。いばっているところはなく、内気《うちき》すぎる感《かん》じでもなく、おだやかで明《あか》るい。でもそれ以上《いじょう》に、気《き》が合《あ》う感《かん》じがする。

「小村《こむら》さんが、同《おな》じ学校《がっこう》だったらよかったなあ。」

ひなたはいった。

「わたしも。長谷川《はせがわ》さんと同《おな》じ学校《がっこう》の、同《おな》じクラスの、となりの席《せき》になりたかった。」

小村《こむら》さんも三日月形《みかづきがた》の目《め》で笑《わら》った。

お父《とう》さんと三回目《かいめ》に行《い》ったのは、動物園《どうぶつえん》だった。

そのあと、マンションの近《ちか》くまでもどって回転寿司《かいてんずし》の店《みせ》に入《はい》ると、お父《とう》さんの携帯電話《けいたいでんわ》が鳴《な》った。お母《かあ》さんからの電話《でんわ》で、今《いま》からひなたをむかえに来《く》るという。

店《みせ》を出《で》て、お父《とう》さんの車《くるま》でマンションに行《い》くと、お母《かあ》さんはもうエントランスの前《まえ》にいた。

「かぎをまだ持《も》ってるんだから、中《なか》に入《はい》ってればよかったのに。」

お父《とう》さんがいうと、お母《かあ》さんは「いいの」と少《すこ》し照《て》れたように首《くび》をふった。

家《いえ》の中《なか》に入《はい》ると、ずいぶん変《か》わっていた。

まず、においがちがう。タバコのにおいが強《つよ》くする。

ベランダに面《めん》したフローリングの部屋《へや》の真《ま》ん中《なか》には、平均台《へいきんだい》を太《ふと》くしたような形《かたち》の運動器具《うんどうきぐ》が置《お》いてあり、その前《まえ》に大型《おおがた》テレビがある。となりの和室《わしつ》には、布団《ふとん》がしきっぱなしになっていて、すみにタオルや服《ふく》が大《おお》きな山《やま》を作《つく》っている。

男《おとこ》ものの大《おお》きなビーチサンダルをはいてベランダに出《で》ると、テーブルでお父《とう》さんと、お母《かあ》さんが話《はな》しているのが聞《き》こえてきた。

「進歩《しんぽ》しただろ。あさってが回収日《かいしゅうび》なんだ。」

「なんでも一緒《いっしょ》に捨《す》ててると思《おも》ったわ。」

「そんなことしないよ。」

ふりかえって見《み》ると、二人《ふたり》はダイニングテーブルに向《む》かいあって座《すわ》り、笑《わら》っている。

「じゃ、忘《わす》れないうちに。」

お母《かあ》さんがバッグから封筒《ふうとう》を取《と》りだし、テーブルの上《うえ》をすべらす。お父《とう》さんはそれを手《て》に取《と》って一瞬《いっしゅん》、だまった。

「出《だ》しとくよ。」

「ひなたの両親《りょうしん》ということでは、これからもずっと変《か》わりませんので。」

お母《かあ》さんがあらたまった口調《くちょう》でいうと、

「わかっています。」

お父《とう》さんも背《せ》をのばして頭《あたま》を下《さ》げる。

なによ、まるで下手《へた》なドラマみたいに。

ひなたは息《いき》をつき、また外《そと》をながめた。

5

電車《でんしゃ》を降《お》りると、体《からだ》が重《おも》かった。動物園《どうぶつえん》に行《い》った日《ひ》からだるい。かぜをひいたのかもしれない。

ここまで来《き》たけれど、ピアノのレッスンに行《い》きたくない。マンションを見《み》に行《い》く気《き》もしない。

このままうちに帰《かえ》ろうか。でもそうなると、小村《こむら》さんに会《あ》えないことになる。

ひなたはホームのベンチに座《すわ》りこんだ。体《からだ》が膜《まく》におおわれてるみたいだ。近《ちか》くのひとの話《はな》し声《ごえ》や駅《えき》の音《おと》があまり聞《き》こえない。

なにも感《かん》じない。もうなにも感《かん》じたくない。

ようやく五時半《じはん》になり、小村《こむら》さんが来《き》た。

「長谷川《はせがわ》さん。」

ひなたを見《み》ると、笑《わら》って手《て》をふる。

ひなたはその姿《すがた》を見《み》たとたん、目《め》が熱《あつ》くなった。涙《なみだ》がこみあげてくる。

「どうしたの？」

小村《こむら》さんはあわててかけよってきた。

ひなたは、お父《とう》さんがひとりで住《す》んでいるマンションを見《み》るために、前《まえ》に住《す》んでいた町《まち》のピアノ教室《きょうしつ》に通《かよ》っていることを、とぎれとぎれに話《はな》した。まとまらない話《はなし》だったが、小村《こむら》さんは、じっと聞《き》いてくれた。

「長谷川《はせがわ》さんは、そうだったんだ。」

小村《こむら》さんは息《いき》をついた。

「ちょっと来《き》てほしいの。」


小村《こむら》さんに手《て》を引《ひ》かれるまま、ひなたが住《す》んでいた方《ほう》とは反対側《はんたいがわ》の改札口《かいさつぐち》から駅《えき》を出《で》て、十二、三分歩《ぶんある》いた。

そこは病院《びょういん》だった。古《ふる》い小《ちい》さな病院《びょういん》で、となりにはアパートみたいな四角《しかく》い建物《たてもの》がくっついている。近《ちか》くに住《す》んでいたのに、まったく知《し》らない場所《ばしょ》だった。

小村《こむら》さんは慣《な》れたように、アパートの方《ほう》に入《はい》っていく。

「あら、美咲《みさき》ちゃん、もどってきたの？　忘《わす》れ物《もの》？」

ろうかですれちがった看護師《かんごし》さんが声《こえ》をかけた。

「ええ、ちょっと。」

小村《こむら》さんは、にこにこして返事《へんじ》をした。

二階《かい》のおくの部屋《へや》に入《はい》ると、六つベッドが並《なら》んでいる。ねているのは、みんなお年寄《としより》だ。

一番《いちばん》おくのベッドに、ひどくやせて、鼻《はな》に管《くだ》をつけた男《おとこ》のひとがねている。

「わたしのおじいちゃんよ。」

小村《こむら》さんは白《しろ》い毛布《もうふ》をかけ直《なお》しながらいった。

「塾《じゅく》に行《い》ってるんじゃないの。毎日《まいにち》、おじいちゃんのお見舞《みま》いに来《き》てたの。」

「小村《こむら》さんがひとりで？」

ひなたはおどろいた。小村《こむら》さんはうなずいた。

「うちは、おじいちゃんと、おにいちゃんとの三人暮《にんぐ》らしなんだけど、おにいちゃんは働《はたら》いているから、わたしが毎日来《まいにちき》てるの。おじいちゃんがたおれたとき、手術《しゅじゅつ》した病院《びょういん》はここじゃないんだけど、すぐ退院《たいいん》させられてしまったから、ここに入院《にゅういん》したの。家《いえ》から遠《とお》いけど、ここしかなかったから。」

小村《こむら》さんは、リュックからタオルを出《だ》し、おじいさんの口元《くちもと》をふいた。ちらりと見《み》えたリュックの中《なか》は、タオルやパジャマでいっぱいだ。

小村《こむら》さんはおじいさんの耳元《みみもと》に口《くち》を近《ちか》づけ、「またあした来《く》るね」といい、病室《びょうしつ》を出《で》た。

建物《たてもの》を出《で》ると、

「公園《こうえん》によらない？」

と、小村《こむら》さんがいった。

「公園《こうえん》？」

「うらにあるのよ。」

病院《びょういん》のうらに、本当《ほんとう》に小《ちい》さな児童公園《じどうこうえん》があった。ブランコとすべり台《だい》だけの公園《こうえん》だ。夕方《ゆうがた》だからか、ほかにだれもいない。

「わたし、時々《ときどき》、病院《びょういん》をぬけだしてここに来《く》るの。だれもいないから、いつも貸《か》し切《き》り状態《じょうたい》よ。」

小村《こむら》さんは笑《わら》うと、ブランコに乗《の》った。ひなたも、となりにこしかけた。

「ブランコって久《ひさ》しぶりだな。」

「でしょ？」

小村《こむら》さんは、ブランコから降《お》りて、ひなたの背中《せなか》をおしはじめた。

「いいって。久《ひさ》しぶりだし、ちょっとこわい。」

ひなたが笑《わら》うと、

「だめだめ。いくよ、超速《ちょうそく》モード！」

小村《こむら》さんが背中《せなか》を強《つよ》くおす。

ひなたの乗《の》ったブランコが、ぐんぐん上《あ》がっていく。

あっという間《ま》にブランコのくさりが一回転《かいてん》しそうになった。このままジャンプしたら公園《こうえん》を囲《かこ》んでいる植《う》えこみを飛《と》びこえそうだ。

「こわいっ、こわいっ。」

ひなたはさけんだ。

ブランコがてっぺんまで上《あ》がり、下《した》に落《お》ちはじめる瞬間《しゅんかん》、ふわりと宙《ちゅう》にうく。そのたび、重《おも》かった体《からだ》が軽《かる》くなる。前《まえ》の家《いえ》の屋根《やね》の上《うえ》に、オレンジ色《いろ》の空《そら》が広《ひろ》がる。

「まだまだ！」

ひなたはおかしくなり、笑《わら》いだした。ブランコに乗《の》ったまま、大声《おおごえ》で笑《わら》った。

駅《えき》の改札《かいさつ》を出《で》たとたん、うでをつかまれた。

「どうしてこんなに帰《かえ》りがおそいの？　もう七時《じ》過《す》ぎよ。なにをしてたのよ。ピアノにも行《い》かなかったこと、知《し》ってるのよ。」

スーツを着《き》たお母《かあ》さんだ。引《ひ》きずられるようにしてうちに帰《かえ》ると、エプロンをつけたおばあちゃんが飛《と》びだしてきた。ひなたを見《み》たとたん、泣《な》きだした。

おじいちゃんも、後《うし》ろから出《で》てきた。

「こういうことをしたら、みんながどんなに心配《しんぱい》するか、わからないのか。」

ひなたはうつむいた。

「いいじゃない。ちゃんと帰《かえ》ってきたんだから。」

おばあちゃんがひなたをかばう。

「だめよ。なんとかいいなさい。」

お母《かあ》さんが、ひなたのかたを強《つよ》くおした。ひなたはしりもちをついた。

「なにするの！」

おばあちゃんが、お母《かあ》さんのうでをたたく。

「だからなんでそこで、おまえが出《で》るんだよ。おまえが出《で》るからまたおかしくなるんだよ！」

今度《こんど》はおじいちゃんが、おばあちゃんにどなった。

6

一週間《しゅうかん》がたつのがひどくおそかった。早《はや》く小村《こむら》さんに会《あ》いたい。やっとピアノの日《ひ》になり、レッスンを終《お》えるとすぐに駅《えき》に向《む》かった。

でも、五時半《じはん》になっても、四十分《ぷん》になっても、小村《こむら》さんは来《こ》なかった。ついに四十三分《ぷん》の電車《でんしゃ》が来《き》ても現《あらわ》れなかった。

ひなたは病院《びょういん》に行《い》ってみることにした。

病室《びょうしつ》の開《あ》いているドアからのぞいたが、部屋《へや》の中《なか》に小村《こむら》さんの姿《すがた》はなかった。一番奥《いちばんおく》のベッドには、知《し》らないおばあさんがねている。

看護師《かんごし》さんがろうかを歩《ある》いてきた。先週《せんしゅう》、小村《こむら》さんに声《こえ》をかけたひとだ。

「あの、小村《こむら》さんは今日《きょう》、お見舞《みま》いに来《き》てないんですか。」

ひなたがたずねると、看護師《かんごし》さんはだまってひなたの手《て》をつかみ、病室《びょうしつ》のドアから遠《とお》ざけるようにして、ろうかのはしに連《つ》れていった。そして小《ちい》さな声《こえ》でいった。

「美咲《みさき》ちゃんのおじいさん、亡《な》くなられたのよ。」

その夜《よる》、ベッドに入《はい》ったひなたは天井《てんじょう》をじっと見《み》つめた。おばあちゃんが干《ほ》してくれたのだろう、布団《ふとん》からお日様《ひさま》のにおいがする。

小村《こむら》さんのことを思《おも》うと、涙《なみだ》が出《で》そうだった。今《いま》、どうしているだろう。もう二度《にど》と会《あ》えないのだろうか。

ドアをノックする音《おと》がした。

「ひなた。」

お母《かあ》さんの声《こえ》だ。

ひなたは急《いそ》いでタオルケットを頭《あたま》までかけた。

今《いま》、仕事《しごと》から帰《かえ》ってきたらしい。今日《きょう》はお母《かあ》さんが残業《ざんぎょう》で、夕飯《ゆうはん》はおばあちゃんとおじいちゃんの三人《にん》だった。

ドアが開《あ》き、ベッドに近《ちか》づく足音《あしおと》が聞《き》こえる。

「具合《ぐあい》が悪《わる》いの？　元気《げんき》がないって、おじいちゃんとおばあちゃんが心配《しんぱい》してるわ。」

ひなたは、じっとしていた。ねたふりをしているうちに部屋《へや》から早《はや》く出《で》ていってほしい。

でも、お母《かあ》さんは出《で》ていかず、ひなたのベッドのはしに座《すわ》った。開《あ》いたままのドアからは、一階《かい》のテレビの音《おと》が階段《かいだん》を上《のぼ》ってくる。

「ひなた。」

お母《かあ》さんの声《こえ》は、いつの間《ま》にかふるえていた。

「いっぱい、いっぱいごめんね。あやまってもしかたがないけど、でも、ごめんね。」

7

つぎの週《しゅう》も、そのつぎの週《しゅう》も、小村《こむら》さんは駅《えき》に来《こ》なかった。なぜ住所《じゅうしょ》や電話番号《でんわばんごう》をきいておかなかったのか、ひなたはとても後悔《こうかい》した。

ぼんやりとひと月《つき》を過《す》ごし、七月《がつ》になったある日《ひ》、ピアノが終《お》わって駅《えき》に行《い》くと、ホームにぽつんと小村《こむら》さんが立《た》っていた。

ひなたは、かけよった。

「小村《こむら》さん！」

「長谷川《はせがわ》さんが心配《しんぱい》してるって思《おも》ったけど、なかなか来《こ》られなくてごめんね。」

「いいの。おじいさんのこと聞《き》いたよ。」

小村《こむら》さんはこくんとうなずいた。

「ほんとに大変《たいへん》だった。かくごしてたんだけど……。それで、わたし、お母《かあ》さんのところに行《い》くことになったの。」

「お母《かあ》さんのところ？」

「新幹線《しんかんせん》で二時間《じかん》かかるの。弟《おとうと》がいるんだって。まだ会《あ》ったことない弟《おとうと》だけど。」

小村《こむら》さんは少《すこ》しおかしそうにいうと、ジーンズのポケットから小《ちい》さな紙《かみ》を差《さ》しだした。

「これ、新《あたら》しいうちの住所《じゅうしょ》と電話番号《でんわばんごう》。長谷川《はせがわ》さんの住所《じゅうしょ》も教《おし》えてくれる？」

ひなたも急《いそ》いでメモ帳《ちょう》を取《と》りだし、自分《じぶん》の住所《じゅうしょ》と電話番号《でんわばんごう》を書《か》いてわたした。

小村《こむら》さんはメモを受《う》けとると、うつむいた。

「わたし、長谷川《はせがわ》さんと話《はな》すのが、楽《たの》しみだったの。学校《がっこう》には友《とも》だちがいないし。おじいちゃんの病気《びょうき》を理由《りゆう》にして、学校《がっこう》を休《やす》んでばっかりの自分《じぶん》が悪《わる》かったんだけど。」

「わたしもよ。おばあちゃんちに引《ひ》っ越《こ》してから一学期《がっき》たつけど、まだろくに友《とも》だちを作《つく》ってないの。だから小村《こむら》さんと話《はな》せるのが一番楽《いちばんたの》しみだった。」

「でも、わたしたち、がんばろうね。」

小村《こむら》さんは顔《かお》を上《あ》げて笑《わら》った。その目《め》には涙《なみだ》がたまっている。それを見《み》たひなたの目《め》も、あっという間《ま》に熱《あつ》くなる。

「今《いま》は、どうしようもできないことばかりだけど、がんばって早《はや》く大人《おとな》になろうよ。わたし、早《はや》く、自分《じぶん》でいろんなことができるようになりたいの。」

小村《こむら》さんは笑《わら》いながら、目《め》じりから涙《なみだ》をぽろりとこぼした。

「そうだね。わたしもそうなりたい。」

ひなたも鼻《はな》をすすりながら、うなずく。

「だから負《ま》けないでやっていこうね。友《とも》だちもいっぱい作《つく》って、楽《たの》しいこともいっぱい探《さが》そう。」

「うん。」

二つの電車《でんしゃ》がつぎつぎにやってきて、ホームの両《りょう》がわに到着《とうちゃく》した。小村《こむら》さんは手《て》でほおをぬぐうと、電車《でんしゃ》を見《み》た。

「さっき、時刻表《じこくひょう》を調《しら》べたら、この電車《でんしゃ》のあとに並《なら》んで出発《しゅっぱつ》するのは、夜《よる》までないみたい。最後《さいご》はやっぱり、またこの電車《でんしゃ》に乗《の》って、手《て》をふろうよ。」

「そうだね、未来行《みらいゆ》きの電車《でんしゃ》だね。」

二人《ふたり》は泣《な》き顔《がお》を見合《みあ》わせると、もう一度《いちど》笑《わら》った。

小村《こむら》さんは海行《うみゆ》きの電車《でんしゃ》に乗《の》り、ひなたも自分《じぶん》の電車《でんしゃ》に乗《の》る。ドアがすぐに閉《し》まり、動《うご》きだす。

小村《こむら》さんもドアの前《まえ》に立《た》ち、こちらに手《て》をふっている。

あ、ひとつ、いい忘《わす》れたことがある。

ひなたは走《はし》りだした電車《でんしゃ》の中《なか》で、となりの電車《でんしゃ》の小村《こむら》さんに向《む》かって大《おお》きな声《こえ》でいった。

「またぜったいに会《あ》おうね！　ぜったいだよ！」

小村《こむら》さんはすぐにうなずいた。

「また会《あ》おうね！　ぜったい、会《あ》おうね！」

電車《でんしゃ》の走《はし》る音《おと》の中《なか》で、小村《こむら》さんの声《こえ》がたしかに聞《き》こえる。

それから、ひなたは、ちぎれるくらい手《て》をふりつづけた。小村《こむら》さんの姿《すがた》が見《み》えなくなるまで、手《て》をふりつづけた。

ひなこちゃんと歩《ある》く道《みち》

岡田《おかだ》なおこ

転校生《てんこうせい》

夏休《なつやす》みが終《お》わったばかりの水曜日《すいようび》だった。
わたしは水玉《みずたま》のタンクトップと黒《くろ》のジョギパン。
空《そら》にはまだ夏《なつ》の雲《くも》が、もくもくしている。
ジリッと日《ひ》ざしは暑《あつ》かった。
「加藤《かとう》ひなこさんです。みなさん、よろしくね」
先生《せんせい》が転校生《てんこうせい》を紹介《しょうかい》した。
——ひなこちゃん、かー。
ひなこちゃんはおじぎする。
ペコリ。
ひなこちゃんは、体《からだ》が小《ちい》さくて、三日月目《みかづきめ》でちょっとたれ目《め》。ほっぺはうすもも色《いろ》。
そして……歩《ある》くとき、ぴょこ、ぴょこ、体《からだ》が左右《さゆう》にゆれる。

「えっとー、加藤《かとう》さんの席《せき》は……」

先生《せんせい》がいったとき、

――あの子《こ》はわたしたちの班《はん》になる、わたしの横《よこ》にくるぞって、予感《よかん》がした。

先生《せんせい》がわたしを見《み》た。

「さっちゃん」

先生《せんせい》がにこっとした。

「さっちゃんのところ四人《にん》だから、加藤《かとう》さんをいれてちょうだいね」


「いやです」

心《こころ》の中《なか》のわたしがいう。

「どうして、そんなこというの」

心《こころ》の中《なか》の先生《せんせい》がおこる。

「だってぇ」とわたしは立《た》ちあがり、

「イヤなものはイヤなの！」

なーんていいかえせたらいいのにな。

実際《じっさい》のわたしは、首《くび》をコクンとたてにふる。

――ほかの班《はん》は五人《にん》ずつなのに、三班《ぱん》だけ四人《にん》だから、しかたないな。と思《おも》っちゃう。

学級委員《がっきゅういいん》のけんちゃんは、口《くち》をギュッととじた。

やこが「ハーイ」といってわたしを見《み》たから、わたしもあわせて「ハーイ」といった。

班長《はんちょう》のコバはうしろをむいてしゃべっている。

コバの首《くび》は日焼《ひや》けしたのか、よごれているのか、わからないけれど、真《ま》っ黒《くろ》だ。

先生《せんせい》が「コバ君《くん》、前《まえ》をむきなさい」と注意《ちゅうい》すると、コバの顔《かお》がわたしの方《ほう》をむいた。

コバの口《くち》のまわりには黄色《きいろ》いカビカビのものがこびりついている。

「コバー、朝《あさ》ごはん、たまご食《た》べたでしょう?」

「なんでわかるんだよ」

「口《くち》のまわりについてるよ」

するとコバはてのひらに思《おも》いっきりつばをはき、口《くち》のまわりをぐちゅぐちゅっとこすった。そしてべとべとのてのひらと顔《かお》をシャツでふいた。

「きたないなー。ネコじゃないんだから……」

わたしは体《からだ》をぶるるっとさせた。

「とれたか？」

「エンガチョ」

新学期《しんがっき》、コバと同《おな》じ班《はん》になったときから「不吉《ふきつ》」だった。わたしの後《うし》ろでデビルがわらっている、そんな感《かん》じだ。

ひなこちゃんがぴょこ、ぴょこゆれながら、こちらにきた。そして、わたしたちの前《まえ》で、もう一度《いちど》「よろしくー」とおじぎをした。

「加藤《かとう》さんのつくえは、つぎの時間《じかん》までにもってきてもらうから、いまだけ、どこかにすわらせてあげてね。えっと、あいているいすは……」

先生《せんせい》が教室《きょうしつ》のすみを指《ゆび》さす前《まえ》に、けんちゃんがあいているいすをはこんできた。

やこは、あごで指図《さしず》する。

「コバとさっちゃんの間《あいだ》にいすおけるよ」

わたしたちのクラスは時間《じかん》によって、班《はん》ごとにつくえをくっつけて勉強《べんきょう》している。三班《ぱん》は四人《にん》なので、ふたりずつむきあってすわっている。わたしはコバととなりあわせの席《せき》だけど、コバはきたないし、わたしの物《もの》をだまってつかうから、いやだから、わたしはコバとなるべくはなれてすわってる。

わたしとコバの間《あいだ》におかれたいすに、ひなこちゃんはこしかけた。

コバと少《すこ》しはなれられて、わたしはちょっぴりほっとした。

ひなこちゃんはひざの上《うえ》に両手《りょうて》をおいて、今度《こんど》はだまっておじぎした。

やこは姉《ねえ》さんぶったいい方《かた》で、

「コバは班長《はんちょう》なんだから、めんどうみなさいよ」

コバは、鼻《はな》の穴《あな》をおっぴろげ「あー」とこたえた。

――コバがめんどうみるわけないじゃん、とわたしは思《おも》う。

コバと「動物《どうぶつ》がかり」になったときは、ひさんだった。

ハムスターの金太郎《きんたろう》はにげちゃうし、カメのハイドは死《し》んじゃうし、ウサギのチチとロロは穴《あな》ほってかくれちゃうし……。

コバはそんなときいつも「あーあ」というだけ。なにもしない。

学校中《がっこうじゅう》さがしまわって金太郎《きんたろう》をみつけたのもわたし。

ハイドのお墓《はか》をつくったのもわたし。

チチとロロを説得《せっとく》して穴《あな》からひきずりだしたのもわたし。

コバに「生《い》き物《もの》」の世話《せわ》なんかできるわけないんだ。やこだって知《し》ってるくせに。

コバに「めんどうみなさい」っていうことは、わたしに「めんどうみなさい」っていってることだ。

心《こころ》の中《なか》のわたしはやこにいう。

「やこがめんどうみてあげなさい。保健委員《ほけんいいん》なんだから」

わたしは大《おお》きなめがねの奥《おく》の小《ちい》さな目《め》で、やこをにらみつける。

「だいたいねー、あごで指図《さしず》するのやめなさいよ。感《かん》じ悪《わる》いったらないわ」

わたしは習字《しゅうじ》のふでで、やこの二重《にじゅう》あごにバッテンを書《か》く。


心《こころ》の中《なか》でならなんでもできるのに……。

「ああー」

わたしは天井《てんじょう》を見《み》あげただけだった。


この時間《じかん》はホームルームで、班《はん》ごとのかべ新聞《しんぶん》のそうだんをするはずだった。だけど、

「『ひなこ』なんて、ヘンななまえー」

コバがさいしょに話《はなし》をそらした。

「三月三日《がつみっか》に生《う》まれたから『ひなこ』っていうの」

ひなこちゃんの声《こえ》はいまにもきえそうだ。

「ひなまつりに生《う》まれたにしては、ブースだなぁ。おまえ」

ひなこちゃんはうすもも色《いろ》のほっぺたを、ぷくーっとふくらませた。

けんちゃんが「やめろよー」と注意《ちゅうい》しても、コバはやめない。

「おまえ、『ひなこ』じゃなくて、『ヒヨコ』になれ。ぴょこ、ぴょこ歩《ある》くから、ちょうどいい」

やこがこわい顔《かお》でコバをにらみながら、ちらっちらっとわたしに「あんたもにらみなさい」って目《め》くばせしてる。

わたしは「やこの目《め》はいそがしいわね」といいたい。

だけど口《くち》にはだせない。

わたしもやことといっしょにコバをにらんじゃう。

ひなこちゃんはひざの上《うえ》の手《て》をげんこつにして、くちびるをかみしめている。


休《やす》み時間《じかん》。

わたしとコバとけんちゃんとやこは職員室《しょくいんしつ》によばれた。

「加藤《かとう》さんは足《あし》が不自由《ふじゆう》だし体《からだ》もよわいから、しんせつにしてあげてね」

そういうと思《おも》った。転校生《てんこうせい》がくると先生《せんせい》はかならず「なかよくしてあげてね」っていうし、「体《からだ》のよわい子《こ》にはやさしくしてあげてね」っていう。

——どうしてぇ？　わたしはずっと同《おな》じ学校《がっこう》にいるし、体《からだ》も弱《よわ》くないけど、やさしくしてもらいたいし、しんせつにもしてほしいよ。

けんちゃんはまじめに、

「はい」

やこはV《ブイ》サインをし、

「オーケー」

わたしは、やこのまねしてV《ブイ》サインをだしちゃった。

コバは胸《むね》をポーンとたたいて、

「まかせなっ！」

デカイ態度《たいど》だ。

「よくいうわ」

「さっきだって、ひなこちゃんに意地悪《いじわる》いったじゃないか！」

「コバが一番《いちばん》わかってないよ」

「ほんとっ、ほんとっ」

やことけんちゃんの声《こえ》がかさなって、コバにむかってとんだ。

——やことけんちゃんは、どうしてこういうときタイミングがあうんだろう？

先生《せんせい》はくすっと笑《わら》って、

「たのむわよ」

わたしたちに念《ねん》をおした。


教室《きょうしつ》にもどると、教室《きょうしつ》のすみにひなこちゃんのつくえがあった。

けんちゃんとやこが「どうならべようか」と話《はな》していると、いきなりコバがわたしのつくえをけとばした。

「なにするのよー」

わたしがもんくをいうと、コバはわたしをはらいのけ、

「オレ、ヒヨコとならぶから、さちはそっちにいけ」

そして、ひなこちゃんに、

「ヒヨコ、ここすわれ！」

ひなこちゃんは肩《かた》をぴくぴくさせながら、コバのとなりにすわった。

コバとひなこちゃんのつくえにむかいあわせて、けんちゃんとやこがつくえをならべた。一つだけはみだしたわたしのつくえは、おたんじょうび席《せき》になった。

コバと席《せき》がはなれられたのはうれしかったけれど、コバはふんぞりかえって、

「おたんじょうび席《せき》は目立《めだ》つから、まじめにやれな。さち」

「あんたにいわれたくないわ。コバが一番《いちばん》まじめにやってないでしょっ」

コバは「班長《はんちょう》」と「親分《おやぶん》」をまちがえてるんだ。

わたしが、「まじめにやるのは、あんたの方《ほう》よー」といおうとしたとき、チャイムがなった。

スクールゾーン

放課後《ほうかご》。

けんちゃんは学級委員会《がっきゅういいんかい》に、やこは保健委員会《ほけんいいんかい》にでるから、おそくなる。わたしは先《さき》にかえることにした。早《はや》くかえってお姉《ねえ》ちゃんがかえってくるまでファミコンで遊《あそ》ぼうと思《おも》ったんだ。

くつをはきかえていると、コバがやってきた。そのあとから、ひなこちゃんもついてくる。

「さち、ちょっとまて。ヒヨコをおくっていくぞー」

コバはひなこちゃんのカバンを、らんぼうにわたしにおしつけた。

「えーっ。わたし、いそいでるのにぃ」

わたしはひなこちゃんのカバンをコバにつきかえした。

ひなこちゃんは首《くび》をすくめて、

「わたし、ひとりでかえれるよ」といっているのに、コバは、

「ダメだ。先生《せんせい》にたのまれたんだから、せきにんがあるんだ。さっ、いくぞ」

コバは歩《ある》くのが早《はや》い。ひなこちゃんは肩《かた》で息《いき》をしながらコバのあとをついていき、わかれ道《みち》にさしかかると、

「そっちじゃないよ。みぎー」とか、

「そこでまがるのー」と声《こえ》をあげる。

ひなこちゃん本人《ほんにん》はさけんでいるつもりらしいが、かぼそい声《こえ》はコバのところまでとどかない。

ひなこちゃんはときどきよろめいて、ころびそうになる。しかたなくわたしはひなこちゃんに肩《かた》をかした。

人通《ひとどお》りの多《おお》い商店街《しょうてんがい》にでると、みんながこっちを見《み》ている感《かん》じがする。

静《しず》かな裏通《うらどお》りは、道《みち》がくねくねしたのぼり坂《ざか》に思《おも》えた。

ひなこちゃんと歩《ある》く道《みち》は、おもかった。

ひなこちゃんの歩《ある》くスピードがだんだんおそくなった。なのにコバはおかまいなし。ふりむきもしないで、どんどん先《さき》をいく。そして、いつの間《ま》にか見《み》えなくなった。

「なんなのよー。あいつ」

わたしは地面《じめん》をけった。

ひなこちゃんは、その場《ば》にへなっとした。

けっきょく、わたしひとりでひなこちゃんを家《いえ》までおくった。

「わたしの家《いえ》は交番《こうばん》の前《まえ》のマンションの二階《かい》」

ひなこちゃんが家《いえ》を指《ゆび》さした。

わたしは早《はや》く家《いえ》にかえりたかったから、

「ふーん、そう。じゃーまたあしたね」とかけだそうとした。

ところがそこで、

「あら、ひなこ……おかえりなさい。お友《とも》だち？」

ひなこちゃんのお母《かあ》さんにあってしまった。

「同《おな》じ班《はん》のさっちゃんだよ」

ひなこちゃんがいう。

「おくってきてくれたんだよ」

「あらあら、どうもありがとう」

ひなこちゃんのお母《かあ》さんは深《ふか》ぶかとわたしに頭《あたま》をさげた。

わたしもあわてて、おじぎをする。下《した》をむいたとき、めがねがズルリとすべりおちそうになった。

「ちょっとよっていかない?」

ひなこちゃんのお母《かあ》さんにさそわれたけれど、

「いいです。さよなら」

わたしは首《くび》をふって走《はし》りだした。

お礼《れい》をいわれて、ちょっぴりいい気《き》持《も》ちがしたけれど、気《き》まずい気《き》持《も》ちもあった。だって、わたしはいやいやひなこちゃんをおくったんだもの。

つぎの日《ひ》の朝《あさ》。

やこがいつもより早《はや》くむかえにきた。

けんちゃんもいる。

「ふたりでそうだんして、『ひなこちゃんもいっしょに登校《とうこう》しよう』ってことにしたの」

やこがいった。

――やことけんちゃん、ふたりでそうだんしたのか。仲《なか》いいな。

「きのう、さちがひなこちゃんとかえっていくの見《み》かけたからさ。ひなこちゃんち、知《し》ってたら、おしえてくれよ」

けんちゃんにこういわれたら「いや」とはいえない。

わたしはやことけんちゃんをつれて、ひなこちゃんをむかえにいった。

三人《にん》でけとばすように階段《かいだん》をかけあがり、ひなこちゃんの家《いえ》のチャイムを、ピポン、ピポン、ピポンとならす。

ひなこちゃんのお母《かあ》さんは、チャイムの音《おと》におどろいたみたい。

でも、やことけんちゃんが、

「ひなこちゃんをおむかえにきましたー」というと、きのうよりもていねいにお礼《れい》をいった。

「転校《てんこう》してすぐにお友《とも》だちができてよかったわね。ひなこ」

お母《かあ》さんはうれしそうだ。

——友《とも》だち？

友《とも》だちってわけではない。

たまたま同《おな》じ組《くみ》になっただけ。

同《おな》じ班《はん》になっただけ。

「お友《とも》だちができてよかったわね」なんていわれて、わたしは三歩《ぼ》うしろにさがった。

ひなこちゃんが玄関《げんかん》から顔《かお》をだし、

「コバ……は？」

わたしが、

「いないよ」

ひなこちゃんは安心《あんしん》したようにおもてにでてきた。

ひなこちゃんをはさむようにして、わたしたちは、歩《ある》きだした。

ところがとちゅうで、

「ヨーオ」

コバがかけてきた。ひなこちゃんは道《みち》のはじに体《からだ》をよせた。

「きのう、どこいっちゃったのよ」

わたしはどなる。でもコバは、平気《へいき》な顔《かお》で、

「おまえたちがもたもたしているから、見《み》うしなったんだぞー」

ひなこちゃんに顔《かお》をよせ、

「のろまっ！」

ひなこちゃんの目《め》が大《おお》きく見《み》ひらかれた。手《て》がきつくにぎられ、肩《かた》があがった。

コバはその肩《かた》をつっつき、

「洋服《ようふく》かけるハンガーみたい」

いじわるをかさねる。

急《きゅう》にひなこちゃんの顔《かお》が、トッ トッ トッ トッと赤《あか》くなった。

げんこつがグッグッとかたくなっていく。

見《み》ひらいた目《め》がまんまるになった。

バ ホーン！

声《こえ》にひっぱられるようにして、ひなこちゃんの手《て》も動《うご》いていた。ひなこちゃんのげんこつはコバのおでこにげきとつした。

「いてっ」

ひなこちゃんがコバをぶったたいた。

わたしとやことけんちゃんは、しばらくあんぐりしていた。

ひなこちゃんも「アレレッ」という顔《かお》をして、コバをぶったたいた右手《みぎて》をむすんでひらいてしている。

コバは、しばらくかたまっていた。

わたしたち三班《ぱん》は、毎朝《まいあさ》ひなこちゃんの家《いえ》に集合《しゅうごう》して、そろって登校《とうこう》することになった。そのために、わたしは十分《ぷん》くらい早《はや》くおきなければならない。休《やす》み時間《じかん》の十分《ぷん》は短《みじか》いのに、早《はや》おきの十分《ぷん》はつらい。

ひなこちゃんと歩《ある》く道《みち》は、ねむかった。

コバはたいていちこくして、あとから「ヨーオ」とかけてきて、みんなをおこらせていた。

いく日《にち》かたった、ある日《ひ》のこと……

ひなこちゃんの家《いえ》の前《まえ》で、わたしとやことけんちゃんが声《こえ》をあわせて、

「ひなこちゃーん」とよんだ。

めずらしく時間《じかん》どおりにきていたコバもどなった。

「ヒヨコ、おせぇぞー」

ひなこちゃんのお母《かあ》さんが顔《かお》をだした。

「けさ、ひなこの足《あし》の具合《ぐあい》が悪《わる》いの。歩《ある》くのに時間《じかん》がかかりそうだから、おばさんがあとから自転車《じてんしゃ》でつれていくわ。みなさんは先《さき》にいってちょうだい」

ひなこちゃんのお母《かあ》さんはわたしたちに両手《りょうて》をあわせた。

わたしたちはなにもいえない。おとなの人《ひと》に手《て》をあわされるなんてあまりなかったから……ヘンな感《かん》じ。

コバいがいは、お母《かあ》さんにペコッと頭《あたま》をさげ、歩《ある》きだした。階段《かいだん》をおりようとしたとき、コバがくるりとむきをかえた。

コバは半分《はんぶん》しまりかけたドアに顔《かお》をつっこみ、

「ヒヨコー、早《はや》くこい。いっしょにいこうぜー」

コバは声《こえ》がわりのさいちゅうで、大声《おおごえ》をあげると演歌《えんか》の歌手《かしゅ》みたいな声《こえ》になる。

演歌歌手《えんかかしゅ》のコバは、びっくり顔《がお》のお母《かあ》さんには、

「おばさん、だいじょうぶですよ。ボクがついていますから、ご心配《しんぱい》なく」

ていねいなことばでしゃべった。

「ヒヨコ、おきてるかー。ねぼうしたんじゃないのかー」

コバはころころ態度《たいど》がかわる。

わたしとやこがドアのところにもどり、「むりさせないほうがいいよ」ととめたときには、ひなこちゃんはぴょっこりぴょっこり、奥《おく》からでてきて、

「おきてるよー」

コバにあかんべーをした。

歩《ある》きはじめたひなこちゃんは、いつもよりもぴょっこぴょっこゆれる。あとからくる子《こ》が、つぎつぎにわたしたちをおいぬいていく。

きょうの一時間目《じかんめ》は体育《たいいく》。早《はや》くいってきがえなきゃいけないのに、ひなこちゃんはなかなか前《まえ》に進《すす》まない。

キンコン、カンコーン、キンコン、カココーン。

もうすぐ授業《じゅぎょう》がはじまるチャイムが聞《き》こえてきた。

まわりの子《こ》たちが走《はし》りだす。だけど、わたしたちは走《はし》れない。

ひなこちゃんと歩《ある》く道《みち》は、じれったかった。

けんちゃんの顔《かお》がしぶくなる。

やこはひなこちゃんの肩《かた》をささえながら、おこった顔《かお》になっている。

コバは腕《うで》ぐみしてひなこちゃんをじっと見《み》ていたが、とつぜん指《ゆび》をならした。

「よし、いい方法《ほうほう》がある」

「ヒヨコ、かばんをおろして、オレとけんの肩《かた》に腕《うで》をかけろ。おい、けん。いっせーのーせっで、ヒヨコをかつぐぞ」

「うまくいくかなぁ」

けんちゃんは自信《じしん》なさそうだ。でも時間《じかん》が気《き》になるらしく、コバのいうとおりにひなこちゃんをかついだ。

ひなこちゃんはこわそうに、両腕《りょううで》をコバとけんちゃんの首《くび》にかけた。

けんちゃんのシャツのしまもようと、コバのT《ティー》シャツの文字《もじ》が、しわしわっとなった。

「よーし、走《はし》れー」

コバとけんちゃんは「エッサー、エッサー」と時代劇《じだいげき》のかごやさんみたいに走《はし》っていく。わたしとやこは、コバとけんちゃんとひなこちゃんのにもつをもっておいかける。

「ファイト、ファイト、ファイト」

校門《こうもん》をくぐって、

――やったー！

と、そのとき、
キンコン、カンコーン。キンコン、カンカン、コンコーン。

チャイムがなった。すると、

「あーあ、残念《ざんねん》でした」

コバが走《はし》るのをやめた。

急《きゅう》にバランスがくずれて、ひなこちゃんはズルッとおちた。

「どうして急《きゅう》にとまるんだよ」

けんちゃんがどなった。

コバは自分《じぶん》で自分《じぶん》の肩《かた》をたたきながら、

「どっちにしても、ちこくだから、むだ骨《ぼね》おりたくないじゃん。あーつかれた」

大《おお》きなのびをした。

――はじめからむりにつれてこなければいいのに。そしたら、みんな、ちこくしなくてすんだのにな。

わたしは校舎《こうしゃ》の真《ま》ん中《なか》の大時計《おおどけい》を見《み》つめた。長《なが》い針《はり》がコキッと一めもり、大《おお》きく動《うご》いた。やこはしゃがみこんで、目《め》だけつりあげてコバを見《み》ている。

ひなこちゃんは地《じ》べたにうずくまったままだ。

「いたいっ」

ひなこちゃんの泣《な》きべそ声《ごえ》に気《き》づいたのはけんちゃんだった。

「どうした。あっ、血《ち》がでてる」

見《み》ると、ひなこちゃんのひざに、すりむききずができていて、うっすら血《ち》がにじんでいた。

「たいへん、たいへん。保健室《ほけんしつ》、保健室《ほけんしつ》」

やこがわめくと、コバは、

「おおげさなんだよ、こんなきず。ほら、見《み》せろ」

ひなこちゃんの足《あし》をひっぱって、いきなりひざこぞうに、「ペッ、ペッ」とつばをひっかけた。そして、

「チチン、プイプイ」

ひざこぞうを、ひとなでした。

「きたないなー。ふけつー」

やこはさっきよりもするどくコバをにらんだ。

ひなこちゃんは、なみだをためている。


「もーおー、いやだぁー」

ひなこちゃんは空《そら》を見《み》あげ、大声《おおごえ》でさけんだ。

「あとからいくっていったのにー、無理《むり》につれてきてぇ、こんなところにおとすなんてー」

ひなこちゃんは校庭《こうてい》の土《つち》をつかんではなげ、つかんではなげ、コバになげつけた。

「ややや、やめろよ。やめろよー。ヒヨコ」

コバは身《み》をこごめ、

「そんならいっしょにこなければいいだろう」

「だーって、むかえにきてくれたから……」

「もんくいうなよ」

ひなこちゃんとコバは校庭《こうてい》の真《ま》ん中《なか》でいいあっている。

わたしとやことけんちゃんはあっけにとられて見《み》ていた。

ひなこちゃんは立《た》ちあがろうとして「いたーい」と泣《な》きだした。

ひざこぞうから足首《あしくび》にむかって、血《ち》がツーッとながれていた。

わたしたちは先生《せんせい》にしかられた。ちこくしたことと、ひなこちゃんにケガさせたこと。

どっちもわたしのせいじゃないけれど、「れんたいせきにん」というんだって。

授業《じゅぎょう》が終《お》わってから、わたしたちは先生《せんせい》もいっしょに、ひなこちゃんの家《いえ》にあやまりにいくことになった。

先生《せんせい》は学校《がっこう》の名前《なまえ》が書《か》いてある大《おお》きな自転車《じてんしゃ》に、ひなこちゃんをのせた。

そのうしろをけんちゃん。

やこ。

わたし。

コバ。

列《れつ》になって歩《ある》いた。

ひなこちゃんのマンションが見《み》えたところで、ひなこちゃんが大声《おおごえ》をだした。

「先生《せんせい》、おろしてー。わたし、ひとりでかえれるよ」

ひなこちゃんは自転車《じてんしゃ》の上《うえ》で、足《あし》をバタバタさせた。

「でもー」と先生《せんせい》は心配《しんぱい》そうだ。

「足《あし》、もういたくないよ。べつにお母《かあ》さんにあやまることないよ」

「それもそうだよな」

コバは腕《うで》ぐみして、うなずいていた。

けんちゃんがコバの顔《かお》をのぞきこみ、

「おまえさー、反省《はんせい》しろよなー」

「まーな。親切《しんせつ》がうらめにでることもある」

コバは自分《じぶん》だけ納得《なっとく》している。

「それに……」

ひなこちゃんはコバのことをシカトして、

「お母《かあ》さんがかなしい顔《かお》するから、きてほしくない！」

ひなこちゃんの顔《かお》はキリリッとしていた。いつもの三日月目《みかづきめ》じゃない。

「先生《せんせい》、おろして。先生《せんせい》、おろして」

ひなこちゃんは自転車《じてんしゃ》がたおれそうになるほど、足《あし》をバタつかせた。

先生《せんせい》は、

「そんなにいうなら、やめましょう」

ひなこちゃんを自転車《じてんしゃ》からおろした。

ひなこちゃんはふだんの顔《かお》にもどった。

「じゃー、さよならー」

ひなこちゃんの足《あし》は朝《あさ》よりも、ぴょこたんしていた。

わたしは転校生《てんこうせい》

「転校生《てんこうせい》の浅見《あさみ》さちさんです。みなさん、仲良《なかよ》くしてください」

先生《せんせい》がいう。

わたしはぴょこんとおじぎする。

「さちさんはちょっと足《あし》が弱《よわ》いから、みんなで気《き》をつけてあげてください」

先生《せんせい》がいうと、みんないっせいに手《て》をあげた。

「三班《ぱん》は席《せき》があいてるわね。前《まえ》にコバ君《くん》がすわっていたところにすわらせてあげて」と先《せん》生《せい》がいうと、

「ハイ」といって、けんちゃんがむかえにきてくれた。

けんちゃんはわたしの手《て》をひいて席《せき》までつれていってくれる。

「コバ君《くん》って、だれ？」とわたしが聞《き》くと、

「先週《せんしゅう》、転校《てんこう》しちゃったヤツだよ。遠《とお》くの遠《とお》くの田舎《いなか》の町《まち》にひっこしたんだ」

「ふーん」

わたしが席《せき》にちかづくと、

「どうぞ、よろしくね」

やこが席《せき》をひいてわたしをすわらせた。

「こんにちは」

わたしの目《め》の前《まえ》にはひなこちゃん。

「よろしくー」とひなこちゃんが右手《みぎて》をだした。

「わたし、さちです！」

わたしはひなこちゃんの右手《みぎて》をつかんだ。

「よろしくー」

強《つよ》くにぎって何度《なんど》もふる。

強《つよ》くにぎって何度《なんど》もふる。

強《つよ》くにぎって何度《なんど》もふる。

「さち、さち、さち。なにしてるのよ！　さーちー。ねぼけないでよ」

わたしはお姉《ねえ》ちゃんにひっぱたかれて、目《め》をさました。

「ああ、お姉《ねえ》ちゃんかー」

「夢見《ゆめみ》たの？」

「ゆめ……かっ」

「どんな夢見《ゆめみ》たの？　よろしくー、よろしくーって、何度《なんど》もいってたよ」

わたしは目《め》をこすった。

「転校生《てんこうせい》はいいな」

ビーチボールバレー

サマーキャンプでやったビーチボールバレーがクラスでも大《おお》はやりになった。二学期《がっき》になってから、仲《なか》のいい友《とも》だちどうしでゲームをしていたけれど、ホームルームの時間《じかん》に班《はん》対抗戦《たいこうせん》をやることになった。

教室《きょうしつ》のそうじのとき、コバが「よし、これから、練習《れんしゅう》しよう」といいだした。

「やるのはいいけど」

やこがつくえをふいてるひなこちゃんをちらりと見《み》て、

「できないから……かわいそうだよ」

小声《こごえ》でいった。

ひなこちゃん体育《たいいく》のときも半分《はんぶん》は見学《けんがく》。はげしい運動《うんどう》はあぶないからできないんだ。

「ひなこちゃんは『おうえん』ということにしようよ」

けんちゃんがいった。

ひなこちゃんにケガをさせて先生《せんせい》にしかられてから、けんちゃんは用心《ようじん》ぶかくなった。

わたしも「そうそう」とうなずいた。

話《はなし》の輪《わ》からはずれて黒板消《こくばんけ》しのそうじをしていたひなこちゃんが、

「終《お》わったよー」

かばんをだして、荷物《にもつ》をしまいはじめた。するとコバが、

「ダメだ。これから練習《れんしゅう》するぞ」とひなこちゃんのかばんをとりあげた。

けんちゃんとやこが、

「かえってもいいんだけどさ」

「ひなこちゃんも三班《ぱん》だから……のこるだけ、のこってもいいよね」

「おうえんしてくれよ。練習《れんしゅう》にはでなくていいから」

「ゲームは、ちょっと、あぶないからね」

かわりばんこにしゃべっている。

そんなふたりを見《み》ていると、わたしはなぜかムカついてしまう。

わたしは、「ひなこちゃん、どうせ、できないからかえりなよ」といってしまいそうになった。だから、一歩《ぽ》さがってだまっていた。

ひなこちゃんは「どうしようかな」って顔《かお》してる。

コバは口《くち》をへの字《じ》にして、

「あまやかすんじゃーない！」

ひなこちゃんは「こまったな」って顔《かお》をした。

それでも練習《れんしゅう》についてきて、ひなこちゃんはカーディガンをぬいだ。ひなこちゃんのほそい腕《うで》は、とてもボールを打《う》てそうもない。

ひなこちゃんはボールをおいかけられない。

ボールを打《う》つ前《まえ》にころんじゃう。

「むりだよね」

「ケガしたら、またしかられる」

「やめにしようよ」

わたしとやことけんちゃんが、コートのはじで相談《そうだん》していると、

「へたくそー」

コバはしりもちついてるひなこちゃんにむかってどなった。

「だってぇ……」

ひなこちゃんの三日月目《みかづきめ》が、うるうるながれそうだ。

コバはしばらく鼻《はな》をかきながらなにか考《かんが》えていた。

「よし」

コバが鼻《はな》くそをまるめて、とばした。アイデアがうかんだらしい。でもコバのアイデアなんて、ろくなものじゃない。またしても不吉《ふきつ》な予感《よかん》がした。

「オレがヒヨコのところにレシーブするから、ヒヨコはボールを打《う》ちあげろ」

ひなこちゃんは立《た》ちあがり「ウン」とうなずいた。

ひなこちゃんはコバがほうるボールを打《う》ちあげる。うまくとべないヒナが羽《はね》をパタパタさせるように、両手《りょうて》を動《うご》かしボールを打《う》ちあげると、そのいきおいで、コケる。

ひなこちゃんのピチッとむすんだ髪《かみ》は、ぐさぐさになっていた。

ひなこちゃんの打《う》つボールはどこにとんでいくかわからない。コートのうしろや横《よこ》っちょにとびだすこともあれば、びゅーんっとネットをちょくげきすることもあった。

わたしとやことけんちゃんは、ボールをおいかけて、くたくたになった。

レシーバー役《やく》のコバだけは、ずっと同《おな》じ場所《ばしょ》に立《た》っていて、相手《あいて》のコートにボールがはいると、「やればできるだろう」とじまんげだ。

けんちゃんは息《いき》をゼーゼーさせながら、

「やーやー、やればー、でーでー、できるかもー」といった。

やこもけんちゃんにつづいて、

「そっ、そーね。で、できる、かもね」といった。

心《こころ》の中《なか》のわたしが、

「やめたほうがいい！」という。

きっぱりいう。

「勝負《しょうぶ》の世界《せかい》はきびしいのよ。ひなこちゃんにはむり。むりなものは、むりなの」

ひなこちゃんがうなずく。

「やっぱりわたしはでないわ」

「そうよ。それがチームのためなのよ」

心《こころ》の中《なか》だとわたしはなんでもいえちゃう。そしてみんなも、

「そうだね。さちのいうとおりだね」と賛成《さんせい》してくれる。

だけど……。

わたしはなにもいえず、肩《かた》で息《いき》をしてひなこちゃんを見《み》ていた。

ひなこちゃんはべたんと地面《じめん》にすわりこんで、

「うん……できるかも」といった。


――あちゃー。


いよいよ、班対抗戦《はんたいこうせん》。

コートの真《ま》ん中《なか》でスクラムを組《く》む。

わたしの右手《みぎて》はけんちゃんの肩《かた》。

左手《ひだりて》はひなこちゃんの背中《せなか》。

けんちゃんの肩《かた》にはポンッと手《て》がのせられるのに、ひなこちゃんの背中《せなか》にはかるく指先《ゆびさき》だけをのせただけだ。

――ひなこちゃんとも力《ちから》をあわせなきゃー、と思《おも》うんだけど……。

「しまっていこうぜ」

「オー！」

ひなこちゃんの「オー」が、しんどうして左《ひだり》のてのひらにつたわってきた。

かけ声《ごえ》だけはよかったんだ。

あとはボロまけだ。

本番《ほんばん》になると、ひなこちゃんはぜんぜんボールが打《う》てなかった。打《う》てないだけじゃない。じゃまだった。まるで、コートの真《ま》ん中《なか》につったっているかかしだった。かかしがいなければ、ひろえるボールもたくさんあって、わたしは、「ひなこちゃん、どいてー」といいそうになる。

ゴクリとことばをのみこむと、めがねがずるりとおっこちる。

試合《しあい》が終《お》わると、先生《せんせい》が、

「三班《ぱん》、よくやったね」となぐさめてくれた。ほかの班《はん》の子《こ》たちも、

「ひなこちゃん、がんばったよ」と拍手《はくしゅ》してくれた。そしたら、なおさら、かなしくなった。

けんちゃんはなにもいわない。

やこはたかーい空《そら》を見《み》あげて、ふかーくため息《いき》をついた。

ひなこちゃんはしゅんとして、しゃがみこんでいる。

コバだけはいつものちょうし。

「まーな、勝負《しょうぶ》は時《とき》の運《うん》さ。まけることもある」

ズボンの上《うえ》からおしりをかいた。

ひなこちゃんはげんこつで地面《じめん》をたたいていた。


つぎの日《ひ》。

ひなこちゃんは学校《がっこう》を休《やす》んだ。そして、そのつぎの日《ひ》も、みんなでむかえにいくと、ひなこちゃんのお母《かあ》さんがでてきて、

「体《からだ》があちこちいたいっていうのよ。なおったら、ご連絡《れんらく》しますね。せっかくきてくれたのに、ごめんなさいね」

わたしたちに頭《あたま》をさげた。

おとなの人《ひと》に頭《あたま》さげられるの、なれてないから、うまく返事《へんじ》ができない。

気《き》がつくと、やこもけんちゃんも下《した》を見《み》て歩《ある》いていた。

わたしは小石《こいし》をつまさきでけった。

コバは下《した》はむいてるけれど「けん・パッ。けん・パッ」をやっている。

「コバー、ひなこちゃんのこと気《き》にならないの？」

やこが聞《き》いた。

「気《き》にしたってさー。しょうがないじゃん」

コバは「けん・パッ。けん・パッ」をつづける。

「やっぱー、ビーチボールバレーはむりだったのかなー」

けんちゃんが空《そら》をあおいだ。

わたしは雲《くも》をかぞえた。

コバはあいかわらず、「けん・パッ、けん・パッ・けんけん・パー」をやりつづけた。

わたしたちはひなこちゃんをむかえにいくのを、しばらくやめることにした。

だけど……一週間《しゅうかん》たってもひなこちゃんはでてこない。

「おみまいにいってみようか」

けんちゃんがいいだした。

「ビーチボールバレーやって、つかれちゃったんだわ。かわいそう」とやこはいい、わた

し の方《ほう》を見《み》て、「ねっ」と首《くび》をかたむけた。

わたしはやこと目《め》があうと、つられて「ねっ」とうなずくくせがある。わたしはうなずきかけた首《くび》をむりやりまっすぐにした。

やこが、

「ぼろまけしたから、ショックだったのよ。ねっ」と、またわたしを見《み》た。

わたしは目《め》をそらす。

コバは、

「ぼろまけしたから、いじけて、ズル休《やす》みしてんのさー。チョレーやつ」

全然悪《ぜんぜんわる》いと思《おも》っていない様子《ようす》だ。

わたしも「ひなこちゃんもやりたくてやったんだから、心配《しんぱい》しなくていいじゃない」と思《おも》った。でも声《こえ》にはだせない。

放課後《ほうかご》になると、とつぜんコバが、

「班長《はんちょう》のせきにんがある」

お知《し》らせのプリントやドリルをまとめて、

「ヒヨコんちにいくぞ!」とごうれいをかけた。

わたしはちょっとだけ「早《はや》くかえりたいのにー」と思《おも》ったけど、おみまいにいくのはそんなにイヤとは思《おも》わなかった。

「ひなこちゃんがねこんでいたらどうする?」

けんちゃんがいった。

「くすぐっておこしちまうさ」

コバが答《こた》えた。

「宿題《しゅくだい》とか教《おし》えた方《ほう》がいいよね」

やこがいった。

「勉強《べんきょう》のことなんか心配《しんぱい》することない。なんとかなる」

コバが腕《うで》ぐみした。

「コバなんか毎日学校《まいにちがっこう》にきていても成績《せいせき》が悪《わる》いんだから……ひなこちゃん、一週間《しゅうかん》くらい休《やす》んだって平気《へいき》よね」

わたしがいうと、コバは、

「そうさ。一週間《しゅうかん》くらい、どってことない」とうなずいた。

わたしはつくづく「コバってばかだなー」と思《おも》った。

角《かど》をまがって、ひなこちゃんのマンションが見《み》えたとたん、コバがさけんだ。

「なにやってんだー。あいつ」

見《み》ると、ひなこちゃんちのベランダのものほしざおにビーチボールがつるしてあって、それをひなこちゃんが打《う》っている。ボクシングの練習《れんしゅう》するみたいに、ボヨヨヨヨン、ボヨヨヨヨーン、と何度《なんど》も何度《なんど》も打《う》っている。

「あいつ、あんなところで練習《れんしゅう》してらー」

コバはかけだした。

「ヒヨコー、そんなところで練習《れんしゅう》していても、うまくなんねーぞ。おりてこーい。オレがとっくんしてやるよー」

わたしもコバのあとから、

「オーイ、ひなこちゃーん」とさけんでいた。

わたしたちに気《き》づいたひなこちゃんは、テレくさそうに、ちっちゃく、ちっちゃく、手《て》をふった。

キノコとり

いつもどおり、ひなこちゃんを家《いえ》までおくりとどけ、わたしたちがそれぞれかえろうとしたときだ。

「あしたの日曜日《にちようび》、みんなでキノコとりにいかないか！」

コバが指《ゆび》をならした。

「ねずみ山《やま》でとれるんだって。ばあちゃんがさんぽしながらとってきて、みそしるにいれてくれて、うまかったぜ」

「ねずみ山《やま》」というのは、中学生《ちゅうがくせい》が写生会《しゃせいかい》をしたり、家族《かぞく》でピクニックしたりする小高《こだか》い山《やま》のこと。チャリンコとばして二十分《ぷん》くらいでいける山《やま》。

「子《こ》どもでもすぐとれるの？」と、わたし。

「ばあちゃんがとってこられるんだから、オレらにだって、とれるさっ」

「毒《どく》キノコとかあるとこわいよ」と、やこ。

「図鑑《ずかん》でしらべながらとればいいじゃん」

コバはなんでもないという顔《かお》。

「おまえ、図鑑《ずかん》もってんのか？」とけんちゃんに聞《き》かれ、コバは両手《りょうて》を横《よこ》にひろげ、

「なーい」といった。

「けんが図書館《としょかん》で図鑑《ずかん》をかりてこいよ。それから、さちはおやつのかかり。やこは万《まん》が一《いち》のために、おなかの薬《くすり》とバンドエイドをもってきてくれ」

わたしはムッとしてきた。

やこもけんちゃんも「ムッムッ」がわいてきたみたい。

「あんたはなにするのよ」

「そうだよ。ちょうしにのるなよ」

コバは鼻《はな》くそをほりながら、

「オレは案内人《あんないにん》ってとこかな……」

鼻《はな》くそを指先《ゆびさき》でまるめて、ぴーんととばした。

「では、あした。ねずみ山《やま》の南《みなみ》の入《い》り口《ぐち》に、一時半集合《じはんしゅうごう》。いいなー」

わたしは「コバが鼻《はな》くそをとばしたときはろくなことがおこらない」ってことを、その

ときはすっかりわすれていた。

それよりもわたしは、ひなこちゃんをさそわなくていいのかなぁ、と気《き》になった。

だけど、「ひなこちゃんをさそわないの」っていいだせなかった。

ひなこちゃんをつれていったら大変《たいへん》だもん。歩《ある》くのに時間《じかん》もかかるし、ケガするかもしれないし……。

わたしは自分《じぶん》にいい聞《き》かす。

「今回《こんかい》はさそわない。しかたないよ。いっしょにはいかれないよ」

でもでも……。

ねずみ山《やま》にいくとき、わたしはわざとひなこちゃんの家《いえ》の近《ちか》くを回《まわ》った。もしひなこちゃんにばったりあったら、「いっしょにいく?」ってさそっちゃおうかなと思《おも》った。

自転車《じてんしゃ》の後《うし》ろにのせて、赤《あか》ちゃんをおんぶするみたいに体《からだ》と体《からだ》をしばりつければ、ねずみ山《やま》までひなこちゃんをつれていかれそうな気《き》がした。

わたしの心《こころ》はまっぷたつだ。

大変《たいへん》だからさそわないほうがいい。

友《とも》だちだからつれていきたい。

「友《とも》だちかー」

わたしはギュッギュッと自転車《じてんしゃ》をこいだ。

ひなこちゃんにはあわなかった。

集合時間《しゅうごうじかん》になってもコバはこない。

「またちこくだね、コバ」

やこがいう。

「自分《じぶん》からいこうっていいだしたのに」

けんちゃんはそういいながらのびをして、

「あー！」

けんちゃんの目線《めせん》の先《さき》を見《み》ると、自転車《じてんしゃ》をこぐコバがいた。コバの背中《せなか》がふくらんでいる。わたしはめがねをはずし目《め》をこすり、もう一度《いちど》めがねをかけて目《め》をこらすと、コバの背中《せなか》にしばりつけられたひなこちゃんが見《み》えた。

「水筒《すいとう》のかかりをきめわすれたから、ヒヨコにもってこさせた」

ひなこちゃんの首《くび》には、ミッキーの水筒《すいとう》がぶらさがっている。

「どうして、ひなこちゃんをつれてきたんだよ」

けんちゃんがおこりだした。

「また、あぶないめにあわすのー」

やこもおこっている。

「コバが『水筒《すいとう》に水《みず》いれて、もってこーい』ってどなるから、うるさいから、水筒《すいとう》もって外《そと》にでたら、いきなり自転車《じてんしゃ》にのせられて、しばりつけられた」

ひなこちゃんは頭《あたま》をかいている。

「山《やま》のぼれる？」

わたしが聞《き》くと、

「たくさん歩《ある》くのヤバイかも……」

ひなこちゃんは上目《うわめ》づかいにわたしを見《み》た。

「どーして『どこいくの？』とか聞《き》かないのよ。『たくさん歩《ある》くのヤバイ』と思《おも》ったらこなきゃいいのに」

とつぜん、やこがしかりつけるみたいにひなこちゃんにいった。

けんちゃんがやこの背中《せなか》をつついたけれど、もうおそかった。

ひなこちゃんは口《くち》をとがらせ、

「そんなにおこらなくてもいいじゃない」

いいかえしてきた。

「あとでまた具合悪《ぐあいわる》くなれば、わたしたちのせきにんになるんだから」

やこもいいかえす。

ひなこちゃんはますます口《くち》をとがらせて、

「そんなこといったって、きてしまったのだ」

こわい顔《かお》をしてから、

「がんばってみるよ」

ひなこちゃんはニーッと笑《わら》った。

横《よこ》からコバが、

「そうだよ。国語《こくご》でならったじゃないか！『ナスはなる。なさねばおサル。ナスはサル』。あれ？ちがったか」

コバは首《くび》をかしげた。

「それをいうなら『なせばなる。なさねばならぬ、何事《なにごと》も』だろう。ばか！」

けんちゃんがおこりだした。

「そうそう、それだよ。なんとかなるさ。平気《へいき》、平気《へいき》。」

コバはへらへら笑《わら》っている。

「ばあちゃんがいってた。『散歩《さんぽ》コースがある』って。あぶなくない。あぶなくない。さあ、しゅっぱつー」

コバはひなこちゃんのトレーナーの腕《うで》をつかみ、ずんずん山《やま》にはいっていった。

「なんとかなるよ」

ひなこちゃんもぴょこたんついていく。

コバとひなこちゃんの後姿《うしろすがた》を見《み》て、やこが、

「わたし、いじわるいっちゃったぁ」と、自分《じぶん》で自分《じぶん》の頭《あたま》をたたいた。

「いいんじゃない、やこ。友《とも》だちだもん。ちょっとくらいのケンカはいいよ」

わたしはコバとひなこちゃんの後《うし》ろを歩《ある》きだす。

けんちゃんも、

「本当《ほんとう》はぼくもやこと同《おな》じことをいいたかったんだ」と笑《わら》った。

山《やま》にはいって十分《ぷん》くらいはコバのおばあちゃんのいったとおり「散歩《さんぽ》コース」だったから、ひなこちゃんはぴょこたん、ぴょこたん。丸太《まるた》の階段《かいだん》をのぼっていた。だけど、だんだん階段《かいだん》はなくなり、坂《さか》は急《きゅう》になり、石《いし》ころ道《みち》になった。

ひなこちゃんはひとりでは歩《ある》けなくて、けんちゃんにつかまった。

「おい、キノコはどこにあるんだよ」

けんちゃんがガミガミ声《ごえ》でコバに聞《き》いた。

「おかしいなぁ。『山《やま》にはいってしばらくすると、あっちの木《き》の下《した》、こっちのかげから、キノコのぼうしが見《み》えかくれしてる』って、いってたのになぁ」

コバは林《はやし》の中《なか》を見《み》まわした。わたしもめがねのくもりをふいて、あっちの木《き》の下《した》やこっちのかげを見《み》た。でもキノコのぼうしは見《み》あたらない。

道《みち》はますますけわしくなった。けんちゃんはひなこちゃんをひっぱり、わたしとやこはひなこちゃんのおしりをおしてのぼった。

「この石《いし》の上《うえ》で休《やす》もう」

けんちゃんがみつけた大《おお》きな石《いし》の上《うえ》に、コバ以外《いがい》の四人《にん》ですわった。

日《ひ》が暑《あつ》いくらいだ。

赤《あか》や黄色《きいろ》に色《いろ》づきはじめた木《こ》の葉《は》の間《あいだ》を、ときおり風《かぜ》がとおりぬける。ミントをなめたように、いっとき体《からだ》がスーッとした。

コバは石《いし》の横《よこ》にたおれた木《き》にまたがり、頭《あたま》をかいている。

「おかしいなー」

「おかしいのは、おまえの頭《あたま》だ！」

「まったく、コバの計画《けいかく》って、いつもメチャクチャ」

「キノコー、どこだー」

みんな口《くち》ぐちにもんくをいった。

ひなこちゃんは、細《ほそ》い足《あし》をさすっている。

今回《こんかい》ばかりはコバも「まずいぞ」という顔《かお》をして、図鑑《ずかん》をひろげ、わたしたちから目《め》をそらしていた。

ところが、

「ゲー、エッヘヘヘへ。まちがえちまった。ばあちゃんが話《はな》していたのは山《やま》の北側《きたがわ》だ」

コバは声《こえ》をあげた。

「入《い》り口《ぐち》をまちがえました。へへへへへ」

みんなの目《め》が三角《さんかく》になった。

「わりぃー、悪《わる》かった」

コバはぺこぺこ頭《あたま》をさげている。でも顔《かお》はヘラヘラちっとも反省《はんせい》していない。

石《いし》の上《うえ》の四人《にん》は、ぐてぇっとなって、水筒《すいとう》の水《みず》をまわしのみした。チョコをひとかけずつたべた。コバにはコップにたらっとだけ水《みず》をいれてわたした。

コバはスポーツドリンクのコマーシャルをまねして、

「ゴクゴクゴク、んあー」とおおげさにわずかな水《みず》をのんだ。

空《そら》を見《み》あげて、最初《さいしょ》にけんちゃんが、

「ここまできたから、ちょうじょうまでいこう」と立《た》ちあがった。

「いまきた道《みち》をもどるのも、たいへんだもんね」

やこがつぶやいた。

ひたいのあせをふいていたひなこちゃんが、

「みんなー、ごめんね。わたしがいっしょにきちゃったから……」と小《ちい》さくおじぎをして、

「でもわたし、がんばるからね」

ひなこちゃんはいきなりわたしの肩《かた》に右手《みぎて》をかけた。もう片方《かたほう》はやこの肩《かた》。そして、

「みんな、スクラム、スクラム！」

いわれるままに五人《にん》はスクラムを組《く》んだ。

「ビーチボールバレーのしあいのとき、スクラム組《く》んだでしょ。あれからわたし、スクラムがすきになったんだ」

ひなこちゃんは元気《げんき》よく、「しまっていこうぜ。オー！」といった。

わたしたちはつられて「オー」といった。

コバはふざけて「ふぉう、ふぉう」と声《こえ》をだしていた。

そこまでは、よかったけれど……。

わたしたちは歩《ある》きだした。でも道《みち》はしだいにけわしくなり、ひなこちゃんの足《あし》はふるえだし、前《まえ》に進《すす》まなくなった。

コバがめずらしく自分《じぶん》から、

「ヒヨコ、おぶってやるかー」

でも、ひなこちゃんがへんじする前《まえ》に、けんちゃんが、

「おまえはまたおっことすから、手《て》だしするな。荷物《にもつ》がかりでもしてろっ」

コバは下《した》くちびるをツンとだした。

けんちゃんがひなこちゃんをおんぶした。

わたしとやこでおしりをおしあげながら、上《うえ》へ上《うえ》へとのぼっていった。

コバはみんなの荷物《にもつ》をもって、ずーっとうしろの方《ほう》からのぼってくる。自分《じぶん》のデイパックを背中《せなか》、けんちゃんのをおなかに、やこのポシェットとひなこちゃんの水筒《すいとう》をバッテンに肩《かた》にかけ、片手《かたて》にはわたしの手《て》さげのバッグ、もう片方《かたほう》には図鑑《ずかん》をもって、のそのそ歩《ある》いてくる。

「コバったら、かばんのおばけみたい」

「ばっそくよ。ずっとああしていればいいわ」

わたしとやこはコバを無視《むし》したふりして、ひそひそ話《ばなし》をしていた。すると、ちんまりけんちゃんに背《せ》おわれていたひなこちゃんが、とつぜん歌《うた》いだしたんだ。

「あーるー日《ひ》、森《もり》の中《なか》、クマさんにであったー」

けんちゃんは、あせだく。声《こえ》なんかでない。

わたしとやこは、頭《あたま》にきていて、歌《うた》う気分《きぶん》じゃない。

「トコトコ、トーコートーコートー」

演歌歌手《えんかかしゅ》のコバだけが、ひなこちゃんにあわせて歌《うた》いだした。カバンだらけの体《からだ》をゆすって、

「トコトコ、トーコートーコートー」

コバが三番《ばん》まで歌《うた》うと、ひなこちゃんは、

「コバがしょげてるから、なぐさめてあげたのよ」と、ククク ッと笑《わら》った。

ひなこちゃんが歌《うた》うのをやめたあとも、コバひとりで歌《うた》っている。

「あらクマさん。ありがとう……」

おかしかった。

力《りき》んでひなこちゃんをおぶっているけんちゃんの顔《かお》がゆるみだした。

やこは口《くち》に手《て》をあて、笑《わら》い声《ごえ》をおさえている。

わたしは、大口《おおぐち》あけて笑《わら》った。

ひなこちゃんと歩《ある》く道《みち》で、笑《わら》ったのははじめてだった。

ようやく、ちょうじょうについたときには、太陽《たいよう》は柿色《かきいろ》。

すすきの穂《ほ》が「おつかれさま」というように、頭《あたま》をさげている。

コバはとたんに元気《げんき》になり、

「すばらしいながめじゃないか。うーん、いい空気《くうき》」と深呼吸《しんこきゅう》している。

「よくいうよ」

「こんな低《ひく》い山《やま》で、そんなに空気《くうき》がかわるわけないだろう」

「ついにキノコはなかったじゃない」

わたしとけんちゃんとやこが、ブーブーいった。

ひなこちゃんが「バカめっ」とコバのおなかにパンチをいれたのを合図《あいず》に、わたしたちはまた歩《ある》きはじめた。

かえりは「散歩《さんぽ》コース」をいった。その道《みち》ならひなこちゃんもちゃんと歩《ある》けた。かえりはいきの半分《はんぶん》の時間《じかん》しかかからなかった。

だけど……。

わたしたちがでたのは山《やま》の北口《きたぐち》で、自転車《じてんしゃ》をおいてあるのは南口《みなみぐち》だ。北口《きたぐち》から南口《みなみぐち》に歩《ある》いている間《あいだ》に、夕日《ゆうひ》はしずみ、夕《ゆう》やけの空《そら》はどっぷりくれてしまった。

ひなこちゃんの歩《ある》くスピードはどんどんおそくなった。腰《こし》をさすりながらけんちゃんが、

「おぶってやるよ」というと、ひなこちゃんは、

「だいじょうぶ。『ナスはなる』だよ」と、いっとき笑顔《えがお》をこしらえた。でも足《あし》をひきずるようにして歩《ある》いてる。ひなこちゃんの足《あし》を見《み》ていたら、わたしの足《あし》もいたくなった。

南口《みなみぐち》につくと、ひなこちゃんは「はーっ」と深《ふか》いため息《いき》をつき、のこりわずかになった水筒《すいとう》の水《みず》をグイッとのみほした。

「おい、ヒヨコ、もたもたするな」

コバはらんぼうにひなこちゃんの腕《うで》をひっぱった。

「ふーん、いたいよ。コバ」

ひなこちゃんがよろりとたおれた。

「あっ」

「ひなこちゃん」

「だいじょうぶ！」

わたしとやことけんちゃんの手《て》が同時《どうじ》に前《まえ》にでて、ひなこちゃんをささえた。

ひなこちゃんはわたしたちの腕《うで》につかまり、

「ありがとう。きょう、楽《たの》しかったね」と体《からだ》をおこした。

コバはひなこちゃんを見《み》おろし、

「しっかりしろよ」といった。

するとひなこちゃんも、

「コバこそ、しっかりしてよ」と笑《わら》いかけた。

「オレはいつだってしっかりしているさっ」

コバはきたときのようにひなこちゃんを自転車《じてんしゃ》にのせ、体《からだ》と体《からだ》をしばりつけた。

「しっかりつかまってろよ」

「うん」とうなずき、ひなこちゃんはコバのおなかに手《て》を回《まわ》し背中《せなか》にほほをくっつけた。

コバの自転車《じてんしゃ》はわたしたちをまたずに、夕《ゆう》やみの中《なか》にきえていった。

「あーあ」

けんちゃんは自転車《じてんしゃ》に体《からだ》をもたれかけ、「つかれたー」とつぶやいた。

「ちゃんとおくっていくかしら。コバって本当《ほんとう》にむちゃくちゃだよね」

やこの声《こえ》はぐったりしていた。

わたしはコバとひなこちゃんの背中《せなか》に、

「コバも生《い》き物《もの》の世話《せわ》ができるようになったんだね」とつぶやいた。

けんちゃんもやこも笑《わら》いだした。

「ほんとうだ。コバが世話《せわ》をして死《し》んじゃった動物《どうぶつ》もいたのに」

「迷子《まいご》になっちゃった動物《どうぶつ》もいたよね」

「でも、ひなこちゃんは……」

「なんとか、生《い》きてる……」

「アハハハハー、ひなこちゃんは、ヒヒヒヒー、だいじょうぶみたい」

わたしはおかしくて笑《わら》いがとまらなくなった。

「うふふふふー。コバも生《い》き物《もの》の世話《せわ》ができるようになったんだよ」

おみまい

山《やま》にいったよく日《じつ》の月曜日《げつようび》から、ひなこちゃんは学校《がっこう》を休《やす》みはじめた。

いつものようにむかえにいくと、ひなこちゃんのお母《かあ》さんは、いつものようにていねいにあやまる。

「せっかくきてくれたのに、ごめんなさいね。体《からだ》の具合《ぐあい》が悪《わる》いのよ」

——やっぱりなー、とわたしは思《おも》った。

それから、火《か》、水《すい》、木《もく》、がすぎて金曜日《きんようび》の昼休《ひるやす》み、ひなこちゃんのお母《かあ》さんが学校《がっこう》にやってきた。

ゴミすてばにいたわたしとやこに、ひなこちゃんのお母《かあ》さんは「こんにちは」といい、職員室《しょくいんしつ》にはいっていった。

わたしはまどから様子《ようす》をうかがった。背《せ》のびしてジャンプしてのぞいたから、よく見《み》えなかった。見《み》えなかったはずなのに、やこは、

「大変《たいへん》だわ」といい、わたしの手《て》をひっぱって教室《きょうしつ》にかけていった。

「大変大変《たいへんたいへん》。ひなこちゃんのお母《かあ》さんがこわい顔《かお》して先生《せんせい》になにかいってたわよ。ひなこちゃんが病気《びょうき》かもよ。具合《ぐあい》がすごーく悪《わる》いのかもよ」

やこは大《おお》きな声《こえ》でいった。

「山《やま》にいってつかれさせたこと、おこっているのかもしれないぞ」

けんちゃんは真《ま》っ正面《しょうめん》からコバをどなった。

「コバが道《みち》まちがえるから、いけないのよ！　ひなこちゃんの体《からだ》、考《かんが》えないで、ムチャばかりさせるんだもん。ねっ」

やこがわたしを見《み》ながら小首《こくび》をかしげた。わたしは、やこに「ねっ」とうながされるのはしゃくだったから、

「ひなこちゃんもいきたくていったんだからしょうがないよ」といいかえした。

コバはふだんのように悪《わる》ぶらない。目《め》をしょぼしょぼさせ、赤《あか》い顔《かお》して、頭《あたま》をかいて、カッタルそうに、

「ねずみ山《やま》くらいでバテるなんて、だせぇーなぁ。そんなことでは、富士山《ふじさん》もエベレストものぼれねぇじゃないか」

「バーカ」

わたしは定規《じょうぎ》でコバをたたいて、

「けんこうな人《ひと》だって、エベレストなんか、めったにのぼらないわ。富士山《ふじさん》くらいはのぼるかもしれないけど……。本物《ほんもの》の登山家《とざんか》とひなこちゃんをくらべるなんて、バーカじゃないの」

コバはつくえにうつぶせ、くりかえす。

「ねずみ山《やま》くらいでバテるなんてー」

今度《こんど》はやことけんちゃんが、

「バカー」


しばらくして、わたしたちは先生《せんせい》によばれた。

「ひなこちゃんのことだけどね」

先生《せんせい》の最初《さいしょ》のひとことで、ビククッと体《からだ》がふるえた。

ところが先生《せんせい》は、とてもきげんよく、

「さっきひなこちゃんのお母《かあ》さんがいらして、三班《ぱん》のみんなに『ありがとう』って、おっしゃっていたわ」

「えーっ、おこってきたんじゃないの？」

やことけんちゃんは顔《かお》を見《み》あわせた。コバはおヘソのあたりをかいて、大《おお》きなあくびを一つした。

「ひなこちゃんは足《あし》も不自由《ふじゆう》だし体《からだ》も弱《よわ》いから、なかなかいままでお友《とも》だちができなかったんですって。でも転校《てんこう》してきて、三班《ぱん》のみんなと仲良《なかよ》くなって、とても元気《げんき》になったそうよ」

「でも、ひなこちゃん、ずっと休《やす》んでいるよ。病気《びょうき》じゃないの」

わたしが聞《き》くと先生《せんせい》はあたたかな目《め》で、

「少《すこ》しつかれがたまっただけ。来週《らいしゅう》からは登校《とうこう》できる」

——ああよかった、とわたしは安心《あんしん》した。

「来週《らいしゅう》からまたおむかえ、おねがいね」

「はーい」

「オーケー」

「あした、おみまいにいってみようか」

三人《にん》で話《はな》している横《よこ》で、コバは首《くび》すじをポリポリかいている。

「コバ、聞《き》いてるの。態度悪《たいどわる》いわよ」

先生《せんせい》がコバをしかる。

「だーって、かゆいんだもん、しかたないだろう」

「話《はな》している間《あいだ》くらい、がまんしなさい」

先生《せんせい》はコバをこづこうとして、

「コバ、あなた、真《ま》っ赤《か》よ。どうしたのー」と声《こえ》をうらがえした。

「あちこちに、ぷつぷつができてるわ」

先生《せんせい》の顔色《かおいろ》がかわった。

「みんなは教室《きょうしつ》にかえっていいわ。コバは保健室《ほけんしつ》にいこう」

先生《せんせい》に手《て》をひかれ、コバはだらんとした歩《ある》き方《かた》で保健室《ほけんしつ》につれていかれた。


コバはみずぼうそうだった。

「みずぼうそうがはやるかもしれませんから、体《からだ》がかゆくなったり、だるくなった人《ひと》は、早《はや》めに保健室《ほけんしつ》にいきましょう」

先生《せんせい》がいった。

そういわれると体《からだ》がかゆくなっちゃう。でもわたしはおととし、みずぼうそうにかかったから、もううつらない。やこは赤《あか》ちゃんのとき、けんちゃんは幼稚園《ようちえん》のとき、かかったんだって。

わたしたちはみずぼうそうのことは気《き》にせず、土曜日《どようび》の午後《ごご》ひなこちゃんのおみまいにいった。先生《せんせい》の話《はなし》のとおりひなこちゃんは元気《げんき》そうだった。教科書《きょうかしょ》をひらき、ちょっぴり勉強《べんきょう》していた。

ひなこちゃんのお母《かあ》さんは、

「ご心配《しんぱい》かけてすみませんねー」と、おやつをたくさんだしてくれた。

お母《かあ》さんがへやからいなくなると、ひなこちゃんは、

「コバ、こないの」

「あいつ、みずぼうそう」

わたしたちが笑《わら》いながらいうと、ひなこちゃんはつまらなそうに、

「なーんだ。こないのかー」

「コバなんかいないほうがいいじゃない」

やこがいった。けんちゃんも、

「いっつもあいつ、ひなこちゃんをひどいめにあわせて……班長失格《はんちょうしっかく》だよ」

わたしが「ひどいめにあってるのは、ひなこちゃんだけじゃないよ。わたしだってめいわくしてる」といおうとしたとき、ひなこちゃんが、

「でもさ、コバっていいヤツだよ」

わたしは、お菓子《かし》がのどにつっかえるくらいびっくりした。

ひなこちゃんはピーナッツを口《くち》にほうりいれ、

「わたしのお母《かあ》さん、いつもペコペコしてるでしょっ……。わたしの足《あし》が弱《よわ》いから、いじめられるんじゃないかって、ビビッてばかりいるの」

ていねいにおじぎするひなこちゃんのお母《かあ》さんのすがたが頭《あたま》にうかんだ。

「だけど、わたしも、いつの間《ま》にか、お母《かあ》さんににてきちゃったの。気《き》がつくとね、わたし、手《て》をひざにのせ、ちぢこまってすわっているの」

転校《てんこう》してきた日《ひ》の、ひなこちゃんのすがたが目《め》にうかんだ。

「それで、わたし、きめたんだー。『がんばって、強《つよ》くなるぞ』って」

ひなこちゃんはてのひらにかたやきせんべいをのせ、バシッとわった。

「転校《てんこう》してきたとき、『いじめられたら、いじめかえす』ときめたの」

ひなこちゃんはおせんべいとジュースをかわりばんこに口《くち》にいれ、

「わたし、がんばったの」

きょうのひなこちゃんはよくしゃべる。わたしたちは口《くち》をはさむすきまがなかった。

ひなこちゃんはしゃべりつかれたらしく、大《おお》きく「ふーっ」と息《いき》をして、

「コバって、ちょうしいいし、いいかげんだし、頭《あたま》ヘンだし、いじわるもするけど、わたしのことぜったい仲間《なかま》はずれにしないから……」といって、しゃべるのをやめた。

ひなこちゃんの家《いえ》からの帰《かえ》り道《みち》、けんちゃんがおちていたあき缶《かん》を思《おも》いきりけとばして、

「親切《しんせつ》にしているオレより、いじわるばかりするコバのほうがいいのかなぁ？」

けんちゃんはあき缶《かん》をベコッとふんづけた。

「そういうことじゃないわよ、けんちゃん」

やこは、

「キノコとりのとき、わたしもひなこちゃんに意地《いじ》の悪《わる》いこといっちゃったでしょ。無理《むり》

して親切《しんせつ》にするよりさ、本当《ほんとう》の気持《きも》ちをいうとね、ポンッと仲良《なかよ》くなれるよ」

けんちゃんにそういうと、

「ねっ」とわたしにあいづちをもとめた。

わたしは自然《しぜん》に、

「そうだよ」って答《こた》えた。

やこに「ねっ」といわれて、いやだと思《おも》わなかったのははじめてだった。

「そんなもんかなぁ」

けんちゃんはつぶやいた。

ゴメンネー

ひなこちゃんは学校《がっこう》にでてきた。だけどコバは二週間《しゅうかん》くらいは学校《がっこう》にでてきてはいけないんだって。

「ねぇ、おみまいにいこうよ」とひなこちゃんがいいだした。

「わたし、一年生《ねんせい》のとき、みずぼうそうやったから、だいじょうぶだから、つれてって！」

ひなこちゃんにせっつかれ、わたしたちはコバのおみまいにいくことにした。

コバはぶつぶつだらけ。真《ま》っ赤《か》な顔《かお》をしていた。熱《ねつ》が高《たか》いらしくおでこをタオルで冷《ひ》やしている。顔《かお》を動《うご》かすのもつらそうだ。

それなのに、

「なんだ、ヒヨコか」

ひなこちゃんを見《み》るなりいじわるをいった。

ひなこちゃんは「ベーッ」としたをだし、コバのまくらもとにすわった。

わたしと、やこと、けんちゃんは、コバの足《あし》の方《ほう》にすわった。

ひなこちゃんはコバをじっと見《み》つめて、

「みずぼうそう」と笑《わら》った。

それから人《ひと》さし指《ゆび》で、コバの鼻《はな》の頭《あたま》をツンッとつついて、

「ぷちゅ、ぷちゅっ。ぷちゅ、ぷちゅっ」

コバがひなこちゃんの手《て》をふりはらおうと首《くび》を動《うご》かす。だけど、ひなこちゃんはやめない。

今度《こんど》はほっぺをチュン、チュンッとつつき、

「ぷちゅ、ぷちゅっ。ぷちゅ、ぷちゅっ」

つぎは首《くび》すじをくすぐって、

「カイカイ、カイカイ」

コバは片目《かため》をつぶった。

「や、や、やめろよ」

最初《さいしょ》笑《わら》っていたコバの顔《かお》が、だんだん赤《あか》くはれあがっていく。

「や、や、やめ、ろって」

それでもひなこちゃんは、コバの赤《あか》いぶつぶつめがけて指《ゆび》をのばす。

「やめな、ひなこちゃん！」

やこがいった。

「よしなよ」

けんちゃんがいった。

わたしもいった。

「ふざけすぎだよ。ひなこちゃん」

ひなこちゃんの目《め》や口《くち》が、少《すこ》しずつつりあがっていく。

けんちゃんがひなこちゃんの手《て》をたたいた。

「いいかげんにしろってばー！」

ひなこちゃんは夢《ゆめ》からさめたように、いつもどおりの顔《かお》にもどった。

「かえる」

わたしたちはあっけにとられ、だまってひなこちゃんを見《み》おくった。

「どうしたんだろう？　ひなこちゃん……」

わたしと、やこと、けんちゃんは、顔《かお》を見《み》あわせた。

コバは真《ま》っ赤《か》な顔《かお》で、大《おお》きく息《いき》をした。

「ヒヨコはオレのことをきらいなのかな？」


よく日《じつ》。

ひなこちゃんはコバのつくえをボンヤリ見《み》て、ぽつりという。

「わたし、なんであんなことしちゃったんだろっ」

「それはこっちが聞《き》きたいよ」と思《おも》った。

けんちゃんもやこも、心《こころ》の中《なか》は同《おな》じみたい。

やこはひなこちゃんの背中《せなか》をたたき、作《つく》り笑《わら》いをした。

ひなこちゃんはその顔《かお》を見《み》て、

「やこー、顔《かお》がひきつってるよ」

やこはガクッとして、

「せっかくなぐさめてあげたのに」と、ぷいっとよそをむいた。

けんちゃんは指先《ゆびさき》でえんぴつをまわしている。

「けーんちゃーん」

ひなこちゃんはけんちゃんをよんだけれど、けんちゃんは返事《へんじ》をしなかった。

「けんちゃんもおこっている」

ひなこちゃんはますますシュンとなった。

わたしは、コバのつくえをボンヤリ見《み》ているひなこちゃんを、ボンヤリ見《み》ていた。

「ひなこちゃーん、あやまりにいきなよ」

わたしの口《くち》が、かってにしゃべりだしていた。

「きのうのことはひなこちゃんが悪《わる》いよ。コバにあやまったほうがいいよ。わたし、いっしょにいってあげるから……」

ひなこちゃんは、鼻《はな》のすじにそってながれるなみだを見《み》つめてた。

わたしはひなこちゃんと、コバの家《いえ》にむかった。

いつもならひなこちゃんと歩《ある》く道《みち》で早《はや》くなる足《あし》が、きょうは自然《しぜん》にゆっくーり歩《ある》いている。

コバの家《いえ》のチャイムをならそうとすると、ひなこちゃんが小声《こごえ》で、

「うらにまわろうよ」といった。

「うん」

家《いえ》とへいの間《あいだ》のすきまはせまい。わたしはかべにはりついて、横歩《よこある》きになった。

ひなこちゃんは横歩《よこある》きが苦手《にがて》みたい。なかなか進《すす》まない。

わたしは手《て》をのばし、ひなこちゃんをひっぱった。ちょっとずつ、ちょっとずつ、ひなこちゃんの足《あし》が横《よこ》に動《うご》いた。

やっとの思《おも》いで家《いえ》のうらがわにでた。

わたしは背《せ》のびしてまどから中《なか》をのぞいた。コバが見《み》えた。コバは熱《ねつ》がさがったようで、うつぶせになってマンガを読《よ》んでいる。

「コバ、いる？」

ひなこちゃんがちいさーな声《こえ》で聞《き》いた。

わたしはだまってめがねをはずし、馬《うま》になった。

ひなこちゃんは小鳥《ことり》みたいなおじぎをすると、わたしの背中《せなか》にのっかった。ひなこちゃんは小《ちい》さいけれど背中《せなか》にのるとおもい。

ひなこちゃんがまどをコココッとたたく。

まどがあく。

いきなりひなこちゃんは声《こえ》をあげた。

「コバー、きのうはゴメンネ」

大声《おおごえ》コンテストで、ゆうしょうしそうな声《こえ》だ。

「早《はや》くよくなれー。まってるぞー」

コバはまどから顔《かお》をださなかった。

まどがピチッとしまる音《おと》がする。

背中《せなか》がかるくなる。

わたしは立《た》ちあがり、のびをする。

のびをしたとき、家《いえ》の中《なか》にいるコバといっしゅん目《め》があった、めがねをしていなかったから、よく見《み》えなかったけれど、どんな顔《かお》したらいいかわからなくて、わたしは身《み》をかがめた。

地面《じめん》におりたひなこちゃんは、くちびるを「あ・り・が・とー」と動《うご》かした。

わたしたちはまたきたときと同《おな》じように、かべにはりついて横歩《よこある》きになった。ひなこちゃんの顔《かお》はすすがついて真《ま》っ黒《くろ》だ。ひなこちゃんがわたしを見《み》て笑《わら》うから、わたしも真《ま》っ黒《くろ》なんだと思《おも》った。

ひろいところにでて、わたしたちはいつもコバがやるみたいに「ペッペッ」と、てのひらにつばをつけ、顔《かお》をこすった。

「おちた？」

「うん、もうちょいね」

鏡《かがみ》がないからわたしとひなこちゃんは、おたがいを見《み》ながら顔《かお》のすすをおとした。

ひなこちゃんのマンションが見《み》える角《かど》で、

「さっちゃん。わたし、胸《むね》がね、すっとした」

ひなこちゃんはぴょこぴょこ歩《ある》き、電柱《でんちゅう》のところでふりかえり、

「わたし、あやまったけど、ビクビクしてなかったよね」

わたしは「うん」と答《こた》えた。

ひなこちゃんは五、六歩《ぽ》進《すす》み、ポストのところでまたふりかえった。

「さっちゃーん、さっちゃんはわたしの親友《しんゆう》だね。こういうの親友《しんゆう》っていうんだよね」

ひなこちゃんは笑《わら》った。

「こういうのって、どういうの？」

わたしも笑《わら》った。

ひなこちゃんと歩《ある》く道《みち》

ひなこちゃんをむかえにいくと、ひなこちゃんのマンションの前《まえ》にコバが立《た》っていた。

「班長《はんちょう》ふっかつの朝《あさ》だ。ハハハー」

コバは腰《こし》に手《て》をあてて空《そら》を見《み》て笑《わら》った。そしてひなこちゃんの家《いえ》の玄関《げんかん》があくと、

「ヒヨコー、おきてるかー。いくぞ」

声《こえ》をはりあげた。

「まー、コバ君《くん》、元気《げんき》になったの？」

ひなこちゃんのお母《かあ》さんが笑《わら》っている。

ひなこちゃんはぶっちょうづら。

「うるさいよ。おきてるわよ。きまってるでしょ」

おこりながらくつをはいている。

「せっかくむかえにきたのに、なんだよー」とコバ。

「べつにきてくれなくてもいいもんねー」

ひなこちゃんもまけてない。

「コバの声《こえ》はデカイから近所《きんじょ》めいわく」

「ヒヨコがボケーッとしないように、気合《きあい》いれてやってんだよ」

「ほらほら、ふたりともひさしぶりにあったんだから、ケンカしないのよ」

ひなこちゃんのお母《かあ》さんがふたりをしかった。

「さあ、みんな仲良《なかよ》くね。車《くるま》に気《き》をつけるのよ」

ひなこちゃんのお母《かあ》さんはわたしたちにぺこぺこしなくなっていた。

みんなで、ひなこちゃんのお母《かあ》さんにむかって、「いってきまーす」と手《て》をふった。

せんとうはコバ。後《うし》ろのことはおかまいなしに、ずんずん進《すす》む。

わたしとやこは、前《まえ》にいったりさがったり、横《よこ》をむいたりして歩《ある》く。

けんちゃんはいつもひなこちゃんの横《よこ》。

ひなこちゃんは列《れつ》の後《うし》ろ。でもコバと見《み》えなくなるほどはなれたりしない。

いつの間《ま》にか、ひなこちゃんの足《あし》の早《はや》さが三班《ぱん》の進《すす》む速度《そくど》になっていた。

ハンサム・ガール

佐《さ》藤《とう》多《た》佳《か》子《こ》

1

パパと最初《さいしょ》にキャッチボールをしたのは四歳《さい》の時《とき》。朝《あさ》のジョギングをはじめたのは六歳《さい》。それから、だんだん、バッティング・センターに行《い》ったり、広場《ひろば》でノックのまねごとをするようになったけど、パパは、何《なに》も、『巨人《きょじん》の星《ほし》』をやる気《き》じゃなかったと思《おも》うよ。

ホント、条件《じょうけん》はそろってたんだ。パパが昔横浜《むかしよこはま》ベイスターズの二軍選手《ぐんせんしゅ》だったこと。わたしがコントロールばつぐんのサウスポーに成長《せいちょう》したこと。

わたし？　そう、ワタシ。柳二葉《やなぎふたば》。

女《おんな》の子《こ》なんだ……！

後《あと》でゆっくり説明《せつめい》するけど、ウチはえらくヘンテコリンな家族《かぞく》なの。パパもママも、「女《おんな》の子《こ》なんだから、××しちゃダメ！」ってコトはぜったいに言《い》わない。十五歳《さい》のおネエが口《くち》うるさいけど、そんなのほっときゃいいじゃん？

だから、塩見守《しおみまもる》に「女《おんな》のくせに！」って言《い》われた時《とき》はショックだった。塩見《しおみ》クンは、幼《よう》稚園《ちえん》からずっと同《おな》じクラスで、もっとわけのわかったヤツだと信《しん》じていたんだよ。

わたしね、塩見《しおみ》クンがピッチャーをやってる少年野球《しょうねんやきゅう》チームにはいりたいって相談《そうだん》したの。『アリゲーターズ』は、すてきなチーム。近所《きんじょ》の青葉公園《あおばこうえん》グラウンドで週末《しゅうまつ》に練習《れんしゅう》してて試合《しあい》もいいセンいく。

三月《がつ》の初《はじ》めに、わたしはパパといっしょに、市《し》の少年野球《しょうねんやきゅう》の卒業記念大会《そつぎょうきねんたいかい》を見《み》にいった。低学年《ていがくねん》チームのエースの塩見守《しおみまもる》は、スカッとするようなスピードボールをぶんぶん投《な》げててカッコよかった！　三振《さんしん》を十個《こ》とって、四球《しきゅう》を十二個《こ》出《だ》した。十三対《たい》二十で、塩見《しおみ》クンたちのチームは勝《か》ったけど、パパは首《くび》をかしげちゃったね。

「二葉《ふたば》が投《な》げたら十点《てん》はやらずにすむかもなあ。」

「え？　わたし、あんな速《はや》い球《たま》投《な》げられないよ。」

問題《もんだい》はコントロールなんだ、とパパは言《い》った。ねらってストライクを投《な》げられること、四球《しきゅう》を出《だ》さないこと。

ふうん、わたし、あのマウンドで自分《じぶん》が投《な》げるのを想像《そうぞう》しちゃったよ。八人《にん》のバックがいてバッターがいて、外角低《がいかくひく》めをついて三振《さんしん》！　いいなあ。九人《にん》で野球《やきゅう》をやりたい。ううん、十八人《にん》で試合《しあい》をやりたい！

でも、塩見守《しおみまもる》は、ダメだと言《い》う。女《おんな》は野球《やきゅう》なんかやるべきじゃないし、チームのみんなもそう思《おも》ってるって。

「それで、二葉《ふたば》、あきらめるわけ？」

そう言《い》ったのはパパではなく、大阪《おおさか》へ単身赴任《たんしんふにん》している営業課長《えいぎょうかちょう》のママだった。ママはパパから話《はなし》を聞《き》いて、わたしに電話《でんわ》をよこした。

「ママは、何《なに》も二葉《ふたば》に野球《やきゅう》をやってほしいわけじゃないのよ。だってねえ、中学《ちゅうがく》は私立《しりつ》がいいにきまってるし、そろそろ塾《じゅく》にも行《い》かなくちゃ。でも、実力《じつりょく》があるのに、女《おんな》の子《こ》がチームに入《はい》れないなんて、絶対《ぜったい》まちがってると思《おも》うの。」

「うん。でもさァ……。」

わたしは語尾《ごび》をのばしてしゃべる。ママはこれがきらいだけど、ついやっちゃうの。

「ユミッペも男《おとこ》の子《こ》と野球《やきゅう》をやりたがるなんてヘンだってさァ。今《いま》、クラスじゃ男子《だんし》と女子《じょし》はすっごく仲悪《なかわる》くて、塩見《しおみ》クンとしゃべってるだけで、にらまれちゃうんだ。五年《ねん》で組《くみ》がえないし、わたし、友達《ともだち》なくすのイヤだァ。」

ママはしゃべり方《かた》には文句《もんく》をつけなかった。そのかわりにさけんだ。

「ンまあ。なんて古風《こふう》なクラスなの。そろそろ二葉《ふたば》にも彼氏《かれし》ができてるかと思《おも》ったのに。」

「ママってば！」

「そのていどの気持《きも》ちなの？　ダメとかヘンとか言《い》われたら、つぶれちゃうほどの。」

わたしは考《かんが》えた。たしかにくやしい。野球《やきゅう》はすごくやりたい。塾《じゅく》はお習字教室《しゅうじきょうしつ》をやめて火曜《かよう》と金曜《きんよう》に行《い》けばいいし、ユミッぺとはよく話《はな》しあいをして、『アリゲーターズ』の男《おとこ》どもには腕《うで》のほどを見《み》せてやって……。

三月《がつ》の大会《たいかい》はぜんぶ見《み》にいった。ユミッペの弟《おとうと》が『アリゲーターズ』にいて、彼女《かのじょ》がスケジュールを教《おし》えてくれるの。

「あの、おじいさんの大場監督《おおばかんとく》って、えらいきびしいのよ。あんたなんて、ボコボコなぐられちゃうわよ。」

ユミッぺは言《い》う。春休《はるやす》み、いっしょに試合《しあい》を見《み》にきたんだけど、彼女《かのじょ》はフライとゴロの区別《くべつ》もつかない。そのかわり、ゴシップにはとても強《つよ》いんだ。

「エッちゃんが、あの背番号《せばんごう》6の水尾《みずお》って男《おとこ》と遊園地《ゆうえんち》へ行《い》ったんだって。デート！　信《しん》じらんないよ。エッちゃんって、もうブラつけてるでしょ？　デートの時《とき》、ローズのシャインリップぬるんだって。ヤラシーのよ。あの水尾《みずお》って、今度《こんど》のキャプテンなんだってよ。」

ふうん。ふうん。そうなの？　わたしは胸《むね》より肩《かた》に筋肉《きんにく》がほしいな。もっと速《はや》い球《たま》を投《な》げられるようにさ。

「ねぇ、ユミッペ。あんたの弟《おとうと》のジロくん、わたしのこと、監督《かんとく》に紹介《しょうかい》してくれないかな。」

わたしはマジな声《こえ》でたのむ。

「今《いま》はだめよ。ほら、監督《かんとく》、いそがしそうじゃない？　けとばされるわよ。」

「試合《しあい》が終《お》わった後《あと》の話《はなし》。」

『アリゲーターズ』の五、六年生《ねんせい》チームは一点差《てんさ》で負《ま》けてしまったので、わたしは大場監《おおばかん》督《とく》がきげんが悪《わる》くないかと心配《しんぱい》した。

二年生《ねんせい》のジロくんは、わたしとユミッペを監督《かんとく》のところにひっぱっていくと、

「お姉《ねえ》ちゃんと、お姉《ねえ》ちゃんの友達《ともだち》。」

とだけ言《い》ってトコトコ逃《に》げてしまう。

白髪頭《しらがあたま》でプロレスラーのようにがっちりした大場監督《おおばかんとく》を、わたしはおそるおそる見《み》あ

げた。

「あの、わたし、ええと……わたし……。」

監督《かんとく》のしわの多《おお》いいかめしい顔《かお》を見《み》ていると、女《おんな》の子《こ》が野球《やきゅう》をやりたがるなんて、とんでもない気《き》がしてきて言葉《ことば》につまった。ユミッペが、わたしの足《あし》をギュウとふむ。

「『アリゲーターズ』で野球《やきゅう》をやりたいんです！」

ええい。一息《ひといき》に出《で》てしまったぞ。

「あー、もしかして、塩見《しおみ》の友《とも》だち？」

大場監督《おおばかんとく》は、意外《いがい》にも、やさしい目《め》になってくしゃっと笑《わら》った。笑《わら》うと顔《かお》にたくさんしわがよって、七十歳《さい》という年《とし》がぴったりくる。

「は、は、はい！」

わたしはあせった。塩見《しおみ》クン、女《おんな》なんかジョーダンじゃない、なんて言《い》いながら、監《かん》督《とく》にちゃんと話《はなし》をしてくれてるの？

「女《おんな》だけど、サウスポーで、センスのいい子《こ》がいるって、塩見《しおみ》が言《い》ってたよ。ただね、五年生《ねんせい》、今度《こんど》の六年《ねん》が、いやがるんだよ。」

「あの学年《がくねん》は、女《おんな》の子《こ》はデートの相手《あいて》だとしか思《おも》ってないのよ。ヤラシーんだから。」

ユミッペが言《い》った。監督《かんとく》はおかしそうにククッと声《こえ》をたてて笑《わら》う。

「ほんとかい？」

「ホントーです。」

ユミッペは胸《むね》をはる。

「あのゥ、わたし、女《おんな》とか思《おも》わなくていいです。」

わたしはなるべくハスキーな声《こえ》を出《だ》してみる。

「体力《たいりょく》あるし、髪《かみ》だって、もっと短《みじか》くしてもいいし、コントロールあるから、バッティング・ピッチャーもできます。」

監督《かんとく》はうなずいたが、ユミッペにはまた足《あし》をふまれた。

「二葉《ふたば》ったら。それ以上《いじょう》、髪《かみ》の毛切《けき》ったら、お寺《てら》の小坊主《こぼうず》よ。」

「おーい、水尾《みずお》！」

監督《かんとく》は、背番号《せばんごう》6の次期《じき》キャプテンを大声《おおごえ》で呼《よ》んだ。エッちゃんの彼氏《かれし》？　女《おんな》の子《こ》をいやがる上級生《じょうきゅうせい》のボス？　彼《かれ》が走《はし》ってくると、わたしはユミッペにふまれないように、こっそり足《あし》の位置《いち》をずらした。

「この子《こ》なんだ。前《まえ》に塩見《しおみ》が言《い》ってた……。」

監督《かんとく》がわたしの頭《あたま》に手《て》をのせる。大《おお》きな手《て》。重《おも》い手《て》。あったかい感《かん》じの手《て》。

水尾《みずお》さんは、アーモンド型《がた》のくっきりした目《め》でわたしをジロジロながめた。後《うし》ろからひょっこりと塩見守《しおみまもる》のノンキな顔《かお》がのぞく。

「出《で》たな、柳《やなぎ》！」

「ユーレイのように言《い》うなよ！」

わたしは塩見《しおみ》クンの顔《かお》を見《み》て、急《きゅう》にふくふくとうれしくなった。

「塩見《しおみ》の彼女《かのじょ》だろ？」

水尾《みずお》さんは、バカにしたような冷《つめ》たい声《こえ》でたずねる。

「ジョーダン！」

わたしと塩見《しおみ》クンは同時《どうじ》にさけんだ。

まったく。ユミッペの言《い》うとおりかもしれない。この学年《がくねん》は！　学校《がっこう》が始《はじ》まったら、エッちゃんに突撃《とつげき》インタビューをしてやるぞ。わたしはなるべくイゲンたっぷりの顔《かお》を作《つく》って、水尾《みずお》さんの二枚目顔《にまいめがお》をにらみつけた。

大場監督《おおばかんとく》は、塩見《しおみ》クン、ユミッペ、水尾《みずお》さん、わたし、と順《じゅん》ぐりにながめると、

「柳《やなぎ》さんって言《い》ったね？　四月《がっ》から、ちょっと練習《れんしゅう》にはいってもらおうかと思《おも》うんだ。

なかなかガッツがありそうだからね。」

と夢《ゆめ》のようなセリフを言《い》った。

わたしの心臓《しんぞう》は、時限爆弾《じげんばくだん》のようにバクバク音《おと》をたてて鳴《な》りだした。

「そうですか。」

水尾《みずお》さんは腕組《うでぐ》みをする。

「別《べつ》にいいですよ。塩見《しおみ》の彼女《かのじょ》じゃないならね。そういうのって、ちょっとまずいと思《おも》ったからな。」

「このコは女《おんな》としたら、せいぜい三歳児《さいじ》よ。」

ユミッペが太鼓判《たいこばん》をおしてくれて、塩見《しおみ》クンはどんぐりまなこを見《み》はって、監督《かんとく》はなんどもうなずいて、わたしはグンと深呼吸《しんこきゅう》した。

パパ、ママ、やったね！

2

ウチはA川《エーがわ》近《ちか》くのマンションの六〇六号室《ごうしつ》だ。せまっちいベランダから川《かわ》は見《み》えるけど天下《てんか》の絶景《ぜっけい》ってわけじゃない。リバーサイドですらない。おばあちゃん（パパのお母《かあ》さん）の遺産《いさん》で、３ＬＤＫ《エルディーケー》だから、ちょいとボロくてもあかぬけなくても文句《もんく》は言《い》えない。

ママの大阪《おおさか》行《い》きが決《き》まると、おネエはさっさとママの部屋《へや》へ引《ひ》っ越《こ》した。せまいけど、おしゃれな化粧台《けしょうだい》とベッドとデスクのある、家中《うちじゅう》で一番《いちばん》きれいな部屋《へや》だ。パパは、がらくた部屋《べや》に住《す》んでいる。がらくた、というのはママの意見《いけん》であって、友達《ともだち》のお医者《いしゃ》さんからもらったガイコツ人形《にんぎょう》（人体標本《じんたいひょうほん》だって）、海賊船《かいぞくせん》の模型《もけい》、おかっぱ頭《あたま》のカマイウラ族《ぞく》の写真《しゃしん》パネル、お手製《てせい》のクッション、社会人野球《しゃかいじんやきゅう》のトロフィー、山《やま》のような本《ほん》。ｅｔｃ《エトセトラ》。わたしは十畳《じょう》の子《こ》ども部屋《べや》を占領《せんりょう》している。広《ひろ》いのはいいけど、おかたづけはめんどうだ。おまけにパパのチェックはきびしい。

そうだ。この家《いえ》はパパが管理《かんり》している。

掃除《そうじ》、洗濯《せんたく》、料理《りょうり》――いわゆる家事《かじ》というやつは丸《まる》ごとパパの仕事《しごと》だ。ママが東京《とうきょう》にいる時《とき》からそうだった。ママが家《いえ》の仕事《しごと》をしたのは、おネエが生《う》まれる前《まえ》なんだって！

パパ――柳大介《やなぎだいすけ》、四十三歳《さい》、二児《じ》の父《ちち》、専業主夫《せんぎょうしゅふ》（別名《べつめい》、無職《むしょく》！　ただし、現在《げんざい》ベビーシッターのバイトあり）、丸《まる》メガネのにあう元《もと》ハンサム。

「おめでとう！」

夕食《ゆうしょく》のテーブルで、パパが乾杯《かんぱい》の音頭《おんど》をとった。パパは白《しろ》ワイン、晶子《あきこ》おネエはアップルジュース、わたしはミルク。

「決《き》まりってわけじゃないの。ためしに練習《れんしゅう》にきてもいいって言《い》われただけだから。」

わたしはコップのミルクを飲《の》む前《まえ》に、えんりょぶかく説明《せつめい》する。

「りっぱなもんさ。二葉《ふたば》ならやれるよ。ちゃんとチームで練習《れんしゅう》すれば、みんながアッと言《い》うようなサウスポー・エースになる。」

パパが鼻《はな》にずりおちてきた丸《まる》メガネをかけなおしてフンフンとうなずく。

「八時《じ》を過《す》ぎたらママに電話《でんわ》で知《し》らせよう。」

「いやしないわよ。最近《さいきん》は日曜《にちよう》だって、ゴルフや演奏会《えんそうかい》や休日出勤《きゅうじつしゅっきん》や……。」

おネエがふきげんな声《こえ》で言《い》う。

「今《いま》に過労死《かろうし》するかも……。そしたら、私《わたし》たち三人路頭《にんろとう》に迷《まよ》うわ。」

「アッコちゃん。」

パパがなだめるように苦笑《にがわら》いした。

「ママはタフだし、パパだっていざとなったらデクノボーじゃないんだよ。」

「そーかしら。」

おネエは、ニンジン入《い》りのポテトサラダをお皿《さら》にモコモコよそう。ついこの間《あいだ》まで、血相変《けっそうか》えてダイエットしてたんだけど、BF《ボーイフレンド》の竹田直人《たけだなおと》がふっくらした子《こ》が好《す》きと言《い》ったとたんに、よく食《く》うようになった。おネエのふきげんな理由《りゆう》なんてわかりきってる。今日《きょう》はせっかくの日曜日《にちようび》なのに、直《なお》チャンからTEL《テル》もお誘《さそ》いもなかったのだ。かァいそうに。

「何《なに》、ニタニタしてんのよ。」

おネエは、トマトソースのかかったミートボールをわたしにぶつけたそうな目《め》をしている。聞《き》こえないふり。わたしはガーリック・トーストを口《くち》いっぱいつめこむ。おネエはセロリに塩《しお》をふってマイクのようににぎりしめ、

「まったく！　これで、あんたもめでたく、パパたちの仲間入《なかまい》りね。」

イライラと言《い》う。

「ウチでまともなのはあたしだけ。男《おとこ》が女《おんな》のマネして、女《おんな》が男《おとこ》のマネして！　みっともないったら。」

パパがずれてもいない丸《まる》メガネをかけなおしたから、傷《きず》ついたのがわかった。わたしも傷《きず》ついたよ。なにさ。野球《やきゅう》をやるだけじゃん。パパとママといっしょにしないでよね！

今《いま》イチ仲《なか》の悪《わる》い晶子《あきこ》おネエと、たった一つ意見《いけん》が合《あ》うのは、パパとママの問題《もんだい》だった。十年《ねん》十一カ月《げつ》と数日《すうじつ》生《い》きてきて、シンから思《おも》うのは、〝親《おや》はフツーのやつがいい〟。

カッコよくなくていい。口《くち》うるさくてもいい。ちょっとくらいビンボーでもいい。（ウチの両親《りょうしん》は見《み》た目《め》カッコいい、とっても物《もの》わかりがいい。金持《かねも》ちじゃないけど金《かね》なしでもない。）――うーん、でも、とにかく、朝《あさ》、会社《かいしゃ》に出《で》かけるパパと、夕方《ゆうがた》ごはんのしたくをするママがほしいのだ。

そんなの、どこがいいのよ、と親友《しんゆう》のユミッペは言《い》う。ユミッペはちゃんとフツーの両親《りょうしん》を持《も》ってるから、ありがたみがわかんないんだよ。

おネエは、半年《はんとし》つきあってる直《なお》チャンをいまだに家《いえ》に呼《よ》んでない。（これは想像《そうぞう》だが、たぶん、ウチの〝逆転夫婦《ぎゃくてんふうふ》〟のことを直《なお》チャンにしゃべってないと思《おも》う。）わたしだって新《あたら》しい友達《ともだち》を家《いえ》につれてくるのはイヤだ。

だってさ、パパがイッセー・ミヤケの灰色《はいいろ》のエプロンしめて、「あ、いらっしゃい」と出《で》てきて、「今《いま》、すごくおいしいパンプキン・パイを焼《や》いてるんだよ」とホクホクしゃべるとみんな、メゲるもん。そりゃ、メゲるよな。わたしだって、よそンチで、そんなお父《とう》さんが登場《とうじょう》したら、ヘン！　って思《おも》うもん。

あー、やだやだ。パパなんか、一度《いちど》、母親参観日《ははおやさんかんび》にハイネックのセーター姿《すがた》でやってきたんだから。あの時《とき》は丸三日口《まるみっかくち》を聞《き》いてやらなかったっけ。あー、やだやだ。

で、ね、問題《もんだい》なのは、わたしがパパを大好《だいす》きだってことなの。個人的《こじんてき》には、すごいいいヤツなの、パパって。

何《なん》でもできるのよ。お料理《りょうり》はプロ級《きゅう》、複雑《ふくざつ》な編《あ》み込《こ》みのセーターも作《つく》る。安《やす》いＧ《ジー》パンを買《か》ってきて、すそを切《き》ったり、穴《あな》あけたり、色《いろ》を落《お》としたりして、カッコよくする。おシャレな電話台《でんわだい》を作《つく》る。銀《ぎん》のスプーンをぴかぴかにみがく。ゴキブリの必殺《ひっさつ》わしづかみ（セミやトンボも捕《と》るのうまいよ）、ＴＶゲームの腕《うで》はウチのＮＯ１《ナンバーワン》、おもしろい話《はなし》を山《やま》もり知《し》っている。それに、野球《やきゅう》がメチャうまいでしょ？　でも、おネエに言《い》わせると、パパの、何《なん》でもできる、は、曲者《くせもの》だって。本当《ほんとう》は何《なん》にもできないんだって。あーゆーのを〝マルチ・ダメ人間《にんげん》〟って言《い》うんだって。よくわかんないけど、ちょっとわかる気《き》がするのは、パパが、すし屋《や》の板《いた》さんや、洋服屋《ようふくや》のお針子《はりこ》さんなんかに、ぜったいなれないだろうってこと。

でも、パパは、いろんなことを、そりゃあ、楽《たの》しそうにやってる。気《き》がやさしくて、正直《しょうじき》でたよりになる。

そうだ。パパがもし、プロになるとすれば、子《こ》どもの世話《せわ》しかないと思《おも》うの。ベビーシッターとか幼稚園《ようちえん》の先生《せんせい》。シッターのバイトも、最初《さいしょ》はマンションの友達《ともだち》の家《いえ》にちょっと頼《たの》まれてやってたのが、あんまり評判《ひょうばん》が良《よ》くて、口《くち》コミで広《ひろ》がったの。

「何《なに》？　男《おとこ》？　四十三歳《さい》？　仕事《しごと》してない？　柳《やなぎ》さんの旦那《だんな》さん？　ジョーダンじゃない。」

と言《い》われたのが、

「ぜひぜひ、よろしくお願《ねが》いします。」

に変《か》わったのだよ。オバサンやオネーサンよりたよりになるってさ。

なにしろ、晶子《あきこ》おネエとわたしを、ゼロ歳児《さいじ》から、育《そだ》てあげたベテランだからね。

パパは八時《じ》十分《ぷん》に長距離電話《ちょうきょりでんわ》をかけた。ママは堺市《さかいし》のアパートにちゃんといて、NH《エヌエイチ》K《ケー》の大河《たいが》ドラマを見《み》ているところだった。

「すっごいじゃないの！　二葉《ふたば》。」

電話線《でんわせん》を流《なが》れてくるママの声《こえ》はやたらと元気《げんき》で、わたしは受話器《じゅわき》を少《すこ》し耳《みみ》から遠《とお》ざける。誰《だれ》だ？　過労《かろう》なんて心配《しんぱい》したのは？

「二葉《ふたば》が背番号《せばんごう》1になって、男《おとこ》の子《こ》たちをビシビシ三振《さんしん》とるようになったら、あたし、試合《しあい》の応援《おうえん》に行《い》くわ。休《やす》みを取《と》っても行《い》くわよ。」

まるで甲子園《こうしえん》のノリだった。ママが休《やす》みなんか取《と》れないのはわかってたけど、そんな言《こと》葉《ば》はとてもうれしい。

おネエは部屋《へや》から出《で》てこなかったけど、パパはママと長話《ながばなし》してた。この間回転式《あいだかいてんしき》の電《でん》動歯《どうは》ぶらしを買《か》ったら具合《ぐあい》がよくて……とか、けっこうくだらない話《はなし》をダラダラしてた。

パパが電話《でんわ》をひきのばすので、ママに会《あ》いたがってることがよくわかる。わたしもママに会《あ》いたい。電車《でんしゃ》三つにバス一つ、四時間半《じかんはん》くらいの距離《きょり》。

パパとママは恋愛結婚《れんあいけっこん》だ。社内恋愛結婚《しゃないれんあいけっこん》。パパは甲子園《こうしえん》には出《で》なかったけど、野球《やきゅう》でスカウトされて、高校《こうこう》からＳＳ《エスエス》電機《でんき》に入社《にゅうしゃ》したの。ママは短大《たんだい》を出《で》て就職《しゅうしょく》。同《おな》じ事業部《じぎょうぶ》。もっとも、パパは社会人野球《しゃかいじんやきゅう》、ママは事務《じむ》が仕事《しごと》だったけど。

パパが二十四歳《さい》、ママが二十三歳《さい》の時《とき》、二人《ふたり》は結婚《けっこん》した。ちょうど、パパがドラフト三位《い》で横浜《よこはま》ベイスターズ（当時《とうじ》の大洋《たいよう》ホエールズ）に入団《にゅうだん》した年《とし》だ。もし、パパが一軍《ぐん》のスターになってたら、ママは家《いえ》にいて、パパのために栄養学《えいようがく》を勉強《べんきょう》して十種類《しゅるい》くらいのおかずを作《つく》ってただろうね。――なんてステキな家庭《かてい》！　ため息《いき》が出《で》ちゃうね。

でも、パパときたら、一度《いちど》も一軍《ぐん》に上《あ》がれなかった。肩《かた》をこわして、二年《ねん》でクビになった。運《うん》のない人《ひと》なんだ。

一方《いっぽう》、ママときたら、頭《あたま》がいいし、気《き》が強《つよ》いしで、バシバシ仕事《しごと》をしてた。晶子《あきこ》おネエが生《う》まれた時《とき》、パパの新《あたら》しい仕事《しごと》（釣《つ》り具店《ぐてん》の店員《てんいん》）より、ママの仕事《しごと》（ＳＳ《エスエス》電機社《でんきしゃ》員《いん》）のほうが給料《きゅうりょう》がちょっと良《よ》かった。ボーナスがだんぜん良《よ》かった。

でも、問題《もんだい》はお金《かね》だけじゃない――と二人《ふたり》とも言《い》ってる。要《よう》するに、ママは企画部《きかくぶ》に移《うつ》ってはりきっていたし、パパは、浮《う》きや竿《さお》を売《う》るより、お猿《さる》さんみたいな赤《あか》ん坊《ぼう》を、かわいい女《おんな》の子《こ》に仕立《した》て上《あ》げるほうに、魅力《みりょく》を感《かん》じたらしい。

十五年前《ねんまえ》、それは、とっても大胆《だいたん》な決心《けっしん》だったと思《おも》う。

（今《いま》でもそうかしら？）

わたしとおネエの、おじいちゃん、おばあちゃんが四人《にん》とも早死《はやじ》にだったのも、大《おお》きなポイントだったね。つまり、赤ん坊《あかぼう》は、パパかママのどっちかが育《そだ》てなければならなかったんだ。人《ひと》まかせにするのは、イヤだったから、とパパは説明《せつめい》した。

わたしとおネエは感謝《かんしゃ》すべきなのだろうか。保育園《ほいくえん》やベビーシッターなど、他人《たにん》の手《て》で育《そだ》てられなかったことを。パパが——健康《けんこう》で頭《あたま》も悪《わる》くないりっぱな男《おとこ》の人《ひと》が、家事《かじ》や育児《いくじ》の才能《さいのう》を発揮《はっき》してしまったことを。

そうなのだ。

もちろん、パパは、また、外《そと》の仕事《しごと》を見《み》つけるつもりだった。

でも、主夫業《しゅふぎょう》がすっかり板《いた》についてしまったのだ。向《む》いているのだ。

ママはすばらしいキャリア・ウーマンになった。向《む》いているのだ。

パパとママはうまくいっている。

四人家族《にんかぞく》も、まあまあうまくいっている。

ただ、子《こ》ども二人《ふたり》が、時々《ときどき》、頭《あたま》をかかえこんでいるだけ。どうして、パパとママの仕事《しごと》が逆《さか》さまなのかを悩《なや》んでしまうだけ。

3

金曜日《きんようび》の夜《よる》、マンションの1F《いっかい》のエレベーターの前《まえ》で、ばったり塩見《しおみ》クンに会《あ》った。彼《かれ》はここの八〇三号室《ごうしつ》に住《す》んでいる。

わたしは塾《じゅく》の帰《かえ》り。塩見《しおみ》クンはおつかいの帰《かえ》り。

「トンカツあげるのに卵切《たまごき》らして、いきなり買《か》ってこい、だもんな。ソースも足《た》りないってよ。何考《なにかんが》えて、買《か》い物《もの》してんだろな。」

塩見《しおみ》クンはコンビニの袋《ふくろ》を下《さ》げてぶつぶつと言《い》う。

「おたくのパパさん、ドジふまねえだろ?」

「ボケッとしてるわりに、ぬかりはない。」

「プロだもんな。」

「塩見《しおみ》クンのお母《かあ》さんだってサ。」

「男《おとこ》の方《ほう》がプロって感《かん》じする。だって、ほら、めったにいないじゃん。」

フンッ。悪《わる》かったネ。めったにいなくて。

エレベーターが来《き》たので、いっしょにドカドカ乗《の》りこんだ。

「あ、そうだ、おたくのパパさん、明日《あした》、ヒマないか？　ウチの親《おや》が、何《なに》か用事《ようじ》できて、芝居《しばい》に誘《さそ》われたとかなんとか……。」

塩見《しおみ》クンは急《きゅう》に思《おも》い出《だ》したように言《い》った。

「何時《なんじ》から何時《なんじ》？」

「午後《ごご》。オレ、練習行《れんしゅうい》きたいし……。」

お、それそれ！　明日《あした》は、アリゲーターズの練習《れんしゅう》の日《ひ》だ。いよいよ、柳二葉《やなぎふたば》の登場《とうじょう》！

「聞《き》いてみるね。後《あと》で電話《でんわ》する。」

「ヨロシク！」

塩見《しおみ》クンはおがむように手《て》をあわせる。

四月六日《がつむいか》の土曜日《どようび》。ＰＭ《ピーエム》十二時《じ》四十五分《ふん》。

八〇三号室《ごうしつ》、塩見家玄関《しおみけげんかん》。

「じゃあ、守《まもる》クン。二葉《ふたば》をたのむね。」

「はいっ。こちらも、チビをよろしく。」

パパと塩見《しおみ》クンはペコリペコリと頭《あたま》を下《さ》げあった。なんか、へーんなのッ。

塩見《しおみ》クンの三歳《さい》の妹《いもうと》のさやかチャンは、パパにだかれて、すっかりごきげんだ。恋愛《れんあい》ドラマの主題歌《しゅだいか》をキイキイ歌《うた》っているので、わたしたちもノセられて、廊下《ろうか》と下《くだ》りエレベーターの中《なか》で合唱《がっしょう》した。さやかチャンはチンパンジーに似《に》たハンサム俳優《はいゆう》の大《だい》ファンで、彼《かれ》がヒロインにキスすると、怒《おこ》って塩見《しおみ》クンをつねるらしい。

「わかってるのかな？」

とわたしは聞《き》く。

「わかってる。」

「きっと幼稚園《ようちえん》で彼氏見《かれしみ》つけるね。」

「……そいつとキスしないといいけどな。」

わたしはふきだしたけど、塩見《しおみ》クンはけっこうマジメな顔《かお》をしている。

四月《がつ》の風《かぜ》はあたたかくて、いいにおい。時々《ときどき》、桜《さくら》の花《はな》びらを運《はこ》んでくる。わたしは自《じ》転車《てんしゃ》で前《まえ》を走《はし》る塩見《しおみ》クンに呼《よ》びかけた。

「ねえー、言《い》うの、わすれてたけどオ。」

「なんだア？」

「パパのこと、チームのみんなに、だまっててねェ。」

「元《もと》プロだってこと？」

「ちがーう。」

「なんだよ。」

「赤《あか》チャンのお世話《せわ》してること。」

塩見《しおみ》クンが急《きゅう》に自転車《じてんしゃ》を止《と》めたので、わたしもあわててブレーキをかける。

「いいじゃん。別《べつ》に。」

塩見《しおみ》クンは力《ちから》をこめて言《い》う。

「よくない。」

わたしはかぶりをふる。

「野球《やきゅう》をやりたがるなんて、それだけでも変《へん》な女《おんな》って見《み》られるのに、パパとママのこと知《し》られたら……。だって、おネエが言《い》うの。あんた、ママのまねしてるって。男《おとこ》の仲間《なかま》に入《はい》って、男《おとこ》になりたがってるってサ。」

「そんなら、女《おんな》の子《こ》のチームに入《はい》ればいいさ。小学生《しょうがくせい》のチーム。試合《しあい》やってる、ちゃんとしたとこあるぜ。」

きっぱり言《い》われて、わたしはだまってしまった。ようやく、気《き》をとりなおして、

「アリゲーターズがいいって思《おも》ったの！」

とダダッ子《こ》みたいに言《い》った。

こいつは自分《じぶん》のセキニンをわかってない。塩見《しおみ》クンが広場《ひろば》の三角《さんかく》ベースをぬけて、アリゲーターズに入《はい》って、どんなにカッコよくて楽《たの》しそうだったか……。わたしが、どんなにうらやましかったか……。ムカシから、男《おとこ》の子《こ》の遊《あそ》びはおもしろい。塩見守《しおみまもる》のやることは、何《なん》でもおもしろい。

「野球《やきゅう》はもちろんやりたいけど、アリゲーターズが好《す》きだって思《おも》ったの！」

わたしが言《い》うと、塩見《しおみ》クンは、ほっぺたをフグみたいにふくらませて、うなずいた。

「オレ、人《ひと》ンチのことベラベラしゃべる趣味《しゅみ》ないから。でも、オレ、おまえのパパさん、好《す》きだよ。」

そう言《い》って、また自転車《じてんしゃ》をこぎはじめる。

わたしは、後《あと》をついて走《はし》りながら、なんだかとても恥《は》ずかしくなった。バカヤロー、わたしだって、パパは好《す》きだい――口《くち》パクでつぶやいてから、塩見《しおみ》クンがあんなにきっぱり

してるのは、フツーの両親《りょうしん》を持《も》っているからだと思《おも》ったの。

「ご夫婦《ふうふ》で来《き》たぜ！」

五年《ねん》四組《くみ》の石原《いしはら》クンが、ピーッと口笛《くちぶえ》をふいた。水尾《みずお》さんに横目《よこめ》で見《み》られて、わたしはバリンと緊張《きんちょう》するし、塩見《しおみ》クンはトマトみたいに赤《あか》くなる。

青葉公園《あおばこうえん》グラウンドには、アリゲーターズの男《おとこ》の子《こ》たちが、もう十数人《じゅうすうにん》集《あつ》まっていた。
二、三人《にん》ずつかたまってしゃべったり、ふざけたり、キャッチボールをしていたり。顔《かお》はわかるな。ほとんどウチの学校《がっこう》の子《こ》だから。塩見《しおみ》クンは石原《いしはら》クンに飛《と》びついて、キックやエルボー・アタックをしかける。
わたしは、監督《かんとく》にあいさつに行《い》った。大場監督《おおばかんとく》はベンチで名簿《めいぼ》のようなものを調《しら》べているところ。ドキドキする。わたしのこと、忘《わす》れていたら、どうしようね？

「コンニチワ！　今日《きょう》からよろしくお願《ねが》いします！」

大《おお》きな声《こえ》を出《だ》すと、監督《かんとく》は目《め》をあげた。

「やあ、こんにちは。よろしく。」

監督《かんとく》の顔《かお》はいかめしくて優《やさ》しい。わたしはもっと何《なに》か言《い》ってほしいと思《おも》ったけど、監督《かんとく》は、キャッチボールをしている一年生《ねんせい》らしいチビッコに声《こえ》をかける。ボールの受《う》け方《かた》について。塩見《しおみ》クンは石原《いしはら》クンとまたジャレている。わたし、何《なに》をしよう？　どこにいよう？　ウロウロキョロキョロ。こういう時間《じかん》って新入《しんい》りにとってツライ。特《とく》に、自分《じぶん》だけが女《おんな》の子《こ》で、まわりがみんな男《おとこ》の子《こ》だとね。そうね、お魚《さかな》のむれの中《なか》の人魚《にんぎょ》みたい……。

人魚《にんぎょ》はけっきょくやることがなくて、金網《かなあみ》に寄《よ》りかかってるのもバカだから、魚《さかな》どもに時々《ときどき》チロチロ見《み》られながら、腕《うで》たてふせをする。なんだか、休《やす》み時間《じかん》に漢字《かんじ》の練習《れんしゅう》をしてるガリ勉野郎《べんやろう》みたいね……。

ようやく集合《しゅうごう》がかかって、新《しん》メンバーが紹介《しょうかい》された。一年生二人《ねんせいふたり》、三年生一人《ねんせいひとり》、それから、わたし。

「柳《やなぎ》さんは女《おんな》の子《こ》だけど、みんな、仲良《なかよ》くできるな？　男《おとこ》の子《こ》と思《おも》っていいよ。塩見《しおみ》クンのクラスメートだ。」

監督《かんとく》がそう言《い》うと、男《おとこ》の子《こ》たちは、ざわざわした。五年生《ねんせい》は塩見《しおみ》クンを見《み》てひやかすようにニタニタしてるし、六年生《ねんせい》はもっとイヤな目《め》つきでニタニタしてるし、四年生《ねんせい》はなんだかムッとしてるし、低学年《ていがくねん》はポカンとしてる。やーれやれ。練習《れんしゅう》にはいるとホッとしたよ。どこにいればいいかわかるもん。

アリゲーターズは、五、六年《ねん》の〝高学年《こうがくねん》〟と、一年《ねん》から四年《ねん》の〝低学年《ていがくねん》〟の二チームある。練習《れんしゅう》はいっしょにやる。たとえば紅白試合《こうはくじあい》は、その日《ひ》に集《あつ》まったメンバーを、キャプテンの水尾《みずお》さんが、実力《じつりょく》が同《おな》じになるように二つにわける。A《エー》チームのピッチャーはエースの塩見《しおみ》クン、B《ビー》チームは低学年《ていがくねん》エースの四年生《ねんせい》。A《エー》チームに水尾《みずお》さんが来《く》れば、B《ビー》チームはキャッチャーで強打者《きょうだしゃ》の六年柴田《ねんしばた》さん。

水尾《みずお》さんは、わたしのことをわすれたふりをする。最後《さいご》まで残《のこ》しておいて、オマケって感《かん》じでB《ビー》チームに入《い》れる。ワザトラシイ。

まず、五人《にん》いる外野《がいや》の一人《ひとり》になった。水尾《みずお》さんの打《う》った大《おお》きなフライをバックして捕《と》って監督《かんとく》にナイス・キャッチをほめてもらう。ケケッ、どんなもんだい。バッティングはそううまくいかなかったけれどね。なにしろ、ピッチャーが塩見守《しおみまもる》。

生《う》まれてはじめてのバッターボックスでかまえて、すぶりをすると、

「塩見《しおみ》ィ、ホームラン打《う》たれるなよ。」

「ヨメさんにぶつけるなよ。」

とヤジが飛《と》ぶの。わたしはふりかえる。石原《いしはら》クンと佐々木《ささき》クン、五年生《ねんせい》だ。アノヤロ。ピーピー口笛《くちぶえ》も鳴《な》った。塩見《しおみ》クンは、また顔《かお》がチェリー・トマトになってしまう。わたしもほっぺたがカッカしてきた。

「うっさいなア！」

とわたしがどなるのと、

「静《しず》かにしろよ！」

とセカンドの水尾《みずお》さんがさけぶのがぴったり同時《どうじ》。目《め》があうと、水尾《みずお》さんはつんと横《よこ》をむいた。少女《しょうじょ》マンガに出《で》てくるイジワル美少女《びしょうじょ》みたいね。

マウンドの塩見《しおみ》クンは、いつもよりでっかく見《み》える。身長《しんちょう》はわたしとあまり変《か》わらないけど、肩《かた》はばや胸《むね》の広《ひろ》さがぜんぜんちがう。そして、投《な》げる球《たま》は、速《はや》い!? 一一〇キロは出《で》てる？ ボールとわかっていても。ついふっちゃって三振《さんしん》だよ。

「ボールだぞ。ボールを打《う》たないのよ。」

とコーチにオカマ言葉《ことば》で怒《おこ》られる。この人《ひと》はラーメン屋楽々亭《やらくらくてい》のオヤジなの。

やっぱり、いいピッチャーだなあ、塩見《しおみ》クン。かなわないかなアと思《おも》っていたら、監督《かんとく》に投《な》げるように言《い》われたの。ドキンッ。

生《う》まれてはじめてのマウンドは、お山《やま》じゃなくて、地面《じめん》に線《せん》が描《か》いてあるだけ。キャッチャーまでの距離《きょり》は十六メートル。バッターはじゃまくさいし、そのむこうのキャッチャーミットはなんてちっぽけなの。ああ、どうしようね！

「ファイトッ！　ボール、とどくかァ？」

キャッチャーの柴田《しばた》さんが、はげましているんだかバカにしてるんだか……。

わたし、サウスポーの女《おんな》の子投手《ことうしゅ》、アンダースロー。塩見《しおみ》クンみたいながんじょうな手首《てくび》や腕《うで》がないから、でかいモーション、体《からだ》のやわらかさとバネをいかして、下《した》からゥニッと投《な》げるの。

「ストライクゥ。」

監督《かんとく》の太《ふと》い声《こえ》。わたしはほっとして、ぞくぞくするほどうれしくなったよ。これで投《な》げられることがわかった。

四年生《ねんせい》はまず三振《さんしん》にとる。三年《ねん》のジロくんはサードゴロ・エラーで出塁《しゅつるい》。そして、次《つぎ》は塩見《しおみ》クン。まあ、なんと、マジな顔《かお》なの！　さっきと逆《ぎゃく》の対決《たいけつ》だけど、男《おとこ》の子《こ》たちは、だれも冷《ひ》やかしたりしない。シーンと静《しず》まりかえっていて、水尾《みずお》さんは腕組《うでぐ》みして長《なが》い前髪《まえがみ》をかきあげるのをわすれている。

塩見《しおみ》クンは三振《さんしん》が多《おお》いけど、チャンスに強《つよ》いいいバッターだ。わたしは、うんと低《ひく》めをねらって投《な》げた。

「ストライクゥ。」

塩見《しおみ》クンはふうっと息《いき》をつく。
紅白戦《こうはくせん》とは思《おも》えない緊張感《きんちょうかん》！
その後《あと》、塩見《しおみ》クンはブルンブルンとバットを思《おも》いきり二回《かい》ふって三振《さんしん》した。チクショウ
とつぶやいたのが聞《き》こえた。次《つぎ》の水尾《みずお》さんは初球《しょきゅう》を打《う》ってピッチャーゴロ。水尾《みずお》さんは
全力疾走《ぜんりょくしっそう》しないで監督《かんとく》に怒《おこ》られた。うふふ。
「ナイス・ピッチ。」
と大場監督《おおばかんとく》はボンボン手《て》をたたいた。
「すごいなあ。どこで野球《やきゅう》、おぼえたの？」
とコーチの楽々亭《らくらくてい》のオヤジが聞《き》く。
「パパ……じゃないない、お父《とう》さんに教《おそ》わりました！」
わたしは、それを言《い》う時《とき》、すごくほこらしい気持《きも》ちがした。パパはね、昔《むかし》、プロで……
とあやうく口《くち》がすべりそうになったよ。ないしょなの。パパはなぜかそのことを知《し》られる
のをいやがって、塩見《しおみ》クンにまで口止《くちど》めしてるの。わたしは、塩見《しおみ》クンが何《なに》か言《い》うかなと
思《おも》ってふりかえると、彼《かれ》は鼻《はな》の頭《あたま》に指《ゆび》を当《あ》ててブタッつらを作《つく》ってみせた。ブヒー！

「ね、ね、ちゃんと野球《やきゅう》できるでしょ？　わたし、オマケの子《こ》じゃないんだから！」

帰《かえ》り道《みち》で隣《となり》を走《はし》る塩見《しおみ》クンに言《い》うと、

「おまえは、パパさんの遺伝《いでん》じゃん。教育《きょういく》も受《う》けてるし、ずっこいな。」

とぶつぶつ言《い》う。ムッとした顔《かお》をしてる。なんだよオ、喜《よろこ》んでくれたっていいじゃない！

わたしたちは、コンビニで自転車《じてんしゃ》を止《と》めてアイス・キャンディーを四本《ほんか》買った。チョコミント、ストロベリー、まっ茶《ちゃ》あずき、バナナクリーム。アイスを買《か》ううちに、塩見《しおみ》クンのふくれっつらもゆるんできて、

「さやかのチビは、CM《シーエム》でやってる新製品《しんせいひん》しか食《く》わないんだぜ。」

なんて言《い》う。

そのミルクとストロベリーの、うまそうな新製品《しんせいひん》をさやかチャンは食《た》べられなかった。

「ダメダメ。夕食前《ゆうしょくまえ》にアイスなんて！　君《きみ》らもダメ。運動《うんどう》してきて、すぐに冷《つめ》たい甘《あま》いものをとるのは、だんぜん、ダメ。」

パパは、ダメダメとくりかえして、アイスをぜんぶ冷凍庫《れいとうこ》にしまっちゃった。

「今日《きょう》は塩見兄妹《しおみきょうだい》は、ウチで夕食《ゆうしょく》だ。お母《かあ》さんたちは九時《じ》には帰《かえ》るそうだよ。」

「やったあ！　パパさんの料理《りょうり》が食《く》える！」

塩見《しおみ》クンはガッツポーズをとるけど、さやかチャンはアイスをとりあげられてヒイヒイわめいた。

「だから、食事《しょくじ》の後《あと》で必《かなら》ずあげるからね。」

パパは、さやかチャンをなだめるために、この日《ひ》百回目《かいめ》？　のドラマ主題歌《しゅだいか》を、すりへったテノールでうたったのだった。

4

アリゲーターズで練習《れんしゅう》するうちに、わたしは、ピッチャーって、おぼえなきゃならないことがたくさんあるってわかったの。たとえば、牽制《けんせい》のやり方《かた》、ファーストやホームのカバープレー、スクイズバントの処理《しょり》――パパと二人《ふたり》の練習《れんしゅう》じゃできなかったことネ。でも、早朝《そうちょう》ジョギングはちゃんと続《つづ》けてるよ。ピッチングもやってる。パパはもうワクワクしちゃってるのよ。二葉《ふたば》がホンモノのピッチャーになるぞ、なるぞーって。

だから、わたし、最近思《さいきんおも》うの。男《おとこ》の子《こ》なら良《よ》かった？　ばりばりがんばって、アリゲーターズのエースになって、高校《こうこう》では甲子園《こうしえん》に出《で》て、プロのスターになって……。

若《わか》いころのパパ。パパの夢《ゆめ》。ちょっぴりしかかなわなかったパパの夢《ゆめ》。

「いい投手《とうしゅ》になることさ。男《おとこ》も女《おんな》もないよ。二葉《ふたば》の体《からだ》とファイトは、神《かみ》サマとパパとママがプレゼントしたんだ。最高《さいこう》のプレーをしてくれなきゃな。」

パパのセリフ、いいセリフ。

でもね、パパ……。

塩見《しおみ》クンは、最近《さいきん》、練習《れんしゅう》の時《とき》、すごくおっかない顔《かお》をするよ。投《な》げる球《たま》もリキが入《はい》ってててコワイ。水尾《みずお》さんは、わたしからヒットを打《う》って、ベンピが治《なお》ったみたいなスッキリ顔《がお》になる。チームメイトなのに敵《てき》みたい。

もし、いいサウスポーの男《おとこ》の子《こ》が入《はい》ってきたんだったら、みんな、きっと、チームが強《つよ》くなるって、大喜《おおよろこ》びしたと思《おも》うの。

やっぱり、女《おんな》の子《こ》って、ソンよ！

神《かみ》サマとパパとママは、失敗《しっぱい》してるよ！


月《つき》二回《かい》がノルマなのに、ママは三月《がつ》、四月《がつ》とぜんぜん帰《かえ》ってこない。わたしは、アリゲーターズの話《はなし》がしたくて、四月《がつ》の三週目《しゅうめ》の日曜日《にちようび》に電話《でんわ》をかけたの。

「あれえ？　二葉《ふたば》？」

ママは、なんだかふらふらした声《こえ》で出《で》てきたよ。わたしは、機関銃《きかんじゅう》のような早口《はやくち》でチームのことを話《はな》しだした。

「女《おんな》の子《こ》のいるチームなんて、みっとも悪《わる》いからやめようかって、わたしに聞《き》こえるようにいう男《おとこ》の子《こ》もいるのよ。水尾《みずお》さんが怒《おこ》るから、塩見《しおみ》クンとカップルみたいにウワサするのはやめたけど。でもね、塩見《しおみ》クンはきげんが悪《わる》いの。わたしがピッチャーをやるのが、イヤみたいなの。」

「ヤキモチよ。」

とママは言《い》って大《おお》あくびをした。

「もちろん、エースは塩見《しおみ》クンよ。わたしは今度《こんど》の試合《しあい》でライトを守《まも》るの。試合《しあい》よ！　すごいと思《おも》わない？　おとといユニフォームができたの。ねえねえ、わたし、ヒットが打《う》てるかなあ？」

「そうねえ……。ボールが顔《かお》にぶつかってこないといいわねえ。」

「ママってば！　あのねえ、ライトは重要《じゅうよう》なポジションなのよ。打球《だきゅう》はだいたい右《みぎ》に飛《と》ぶの。水尾《みずお》さんは守備《しゅび》が一番《いちばん》うまいんだけど、ショートからセカンドになったの。」

ママはまたあくびをしたみたい……。

「ママ！　聞《き》いてるの？」

「うーん？」

「ママ！　語尾《ごび》が伸《の》びてるわよ。何《なに》サ。」

「お酒《さけ》、飲《の》んでるのよオ。」

何《なに》かヘンだなって、わたし、思《おも》ったの。

「ねえ、いったい、いつ帰《かえ》ってくるの？」

「……五月《がつ》の連休《れんきゅう》かなア。ああ、そうだァ。二葉《ふたば》、遊《あそ》びに来《く》る？　一度《いちど》くらい大阪《おおさか》を見《み》ておいてもいいわよね。」

「ダメ。試合《しあい》があるもん。新人戦《しんじんせん》だよ。」

「ふうん、そっかァ。残念《ざんねん》だなア。」

ママ、なんだかピントが狂《くる》ってる。お酒《さけ》のせい？　でもママが日曜日《にちようび》に酔《よ》っぱらうなんてめずらしいな。


次《つぎ》の日《ひ》、学校《がっこう》から帰《かえ》ってくると、パパは発作《ほっさ》が起《お》きたらしく、家中《うちじゅう》のガラスや鏡《かがみ》や靴《くつ》や銀《ぎん》のスプーンが、ピッカピカになっていた。心配事《しんぱいごと》があると、物《もの》をみがくくせがあるの。

「何《なに》かあったの？」

わたしはパパから、万能《ばんのう》たわしブリローをもぎとった。パパは言《い》う。

「その流《なが》し台《だい》だ。みがいてくれ。」

「いやだよ。ねえ。また、スーパーの井戸端会議《いどばたかいぎ》に首《くび》つっこんできらわれたの？」

「なんだって？」

「また、田代《たしろ》のおばさんに、バイト代《だい》を値切《ねぎ》られたの？」

「イチゴをいっぱいもらっちゃってねえ……。」

「百円《えん》ライターの緑《みどり》と赤《あか》が見《み》えないけど、知《し》らないかって、うたがわれたの？」

「いつの話《はなし》をしてるんだ。ちがうよ。ママなんだよ。仕事《しごと》がうまくいってないらしい。」

ああ！　って、わたしは思《おも》ったの。ゆうべの電話《でんわ》、パパにかわってから、なんだか長《なが》話《ばなし》をしていたっけ。

パパは口《くち》をすべらせたのを後悔《こうかい》したらしく、

「心配《しんぱい》しなくていいよ。仕事《しごと》ってのは、色々《いろいろ》あるから。アッコちゃんに言《い》うなよ。」

と鼻《はな》にしわをよせて言《い》った。そうね。おネエが知《し》ったらまた「路頭《ろとう》に迷《まよ》う」とか何《なん》とか、バカな騒《さわ》ぎをやらかすからね。

わたしは、やっぱり心配《しんぱい》したけど、自分《じぶん》のことで頭《あたま》がいっぱいだったの。

四月《がつ》の末《すえ》から五月《がつ》の連休《れんきゅう》にかけて、市《し》の少年野球連盟《しょうねんやきゅうれんめい》の新人戦《しんじんせん》があるの。三十二チームが参加《さんか》して、ベスト4《フォー》に残《のこ》ると関東大会《かんとうたいかい》に出場《しゅつじょう》できるんだって。

わたしは、ちょこっとでいいから投《な》げたいなあと思《おも》っているけど、一、二回戦《かいせん》は、タフなエースの塩見守《しおみまもる》ががんばった。

チームのこと、試合《しあい》のこと、わたしはだんだんわかってきたよ。レギュラーや打順《だじゅん》はきちんと決《き》まってなくて、試合《しあい》は、調子《ちょうし》のいい子《こ》からどんどん出《で》る。おミソの子《こ》も代打《だいだ》や守備《しゅび》でそれなりに出番《でばん》がある。高学年《こうがくねん》って、ほら、いそがしいじゃん？　塾《じゅく》や勉強《べんきょう》やおけいこ事《ごと》でスケジュールぎちぎちじゃん。試合《しあい》の日《ひ》に来《こ》れない子《こ》ってけっこういるから、ポジションなんか毎回《まいかい》変《か》わるの。

そんな中《なか》で、塩見《しおみ》クンは、だんことして、ピッチャー！　練習《れんしゅう》や試合《しあい》もサボらないし、アリゲーターズが大好《だいす》きなの。

わたしは、ライトでがんばっていた。打球《だきゅう》が来《こ》ないとつまんないけど、いざ来《く》るとコワイ。二回《かい》の試合《しあい》でフライを二つつかまえて、ゴロを二つアウトにした。エラーも一つやった。ファーストがトンネルしたゴロを、あわててとりにいってパカンとけとばしたのヨ。えらい笑《わら》いをとった。サッカーじゃねえぞと楽々亭《らくらくてい》のオヤジにヤジられた（怒《おこ》られた)。

打順《だじゅん》は七番《ばん》か八番《ばん》。足《あし》は速《はや》いんだけど、まだクリーンヒットは打《う》ってない。

試合《しあい》は、親《おや》なんかがけっこうたくさん見《み》にくるんだよね。パパ、塩見《しおみ》クンのお母《かあ》さん、ユミッペの(ジロくんの)お母《かあ》さん。

パパの応援《おうえん》は、うれしい。でも、フタバーッと絶叫《ぜっきょう》するの、やめて。わさび色《いろ》のボロっちいカーディガンをふりまわすの、やめて。フライをとったくらいで、バッタのようにピコピコはねないで。おねがい。

わたしは、まったく、注目《ちゅうもく》の的《まと》だった。もし、目立《めだ》ちたい女《おんな》の子《こ》がいたら、少年野球《しょうねんやきゅう》の選手《せんしゅ》になるといいと思《おも》うな。よそのチームのコーチなんか、わざわざ、わたしを見《み》にくるんだから!

勝《か》てばベスト4《フォー》、関東大会出場《かんとうたいかいしゅつじょう》という三回戦《かいせん》は、優勝候補《ゆうしょうこうほ》の強《つよ》いチーム『マンボウズ』が相手《あいて》だった。小雨《こさめ》のふるイヤな天気《てんき》。市営球場《しえいきゅうじょう》に応援《おうえん》に来《き》たパパは、ビニールの雨《あま》がっぱをすっぽり着《き》こんで、出来《でき》の悪《わる》いテルテル坊主《ぼうず》みたい。

ユミッペとエッちゃんも来《き》てくれたの。エッちゃんたら、白地《しろじ》に赤《あか》い水玉《みずたま》の傘《かさ》、セーラー・シャツに赤《あか》いフレアー・スカートを合《あ》わせて、なんてかわいいの！　水尾《みずお》さんたら、遠《とお》くで帽子《ぼうし》をちょこっと上《あ》げてあいさつするの。

「ぞくぞくするほどキザだわね。」

とユミッペは言《い》ってわたしの足《あし》をふんづける。

「ねえ、二葉《ふたば》って、圭一《けいいち》クンとしゃべったりするの？」

エッちゃんはささやくように言《い》う。圭一《けいいち》クンというのは、モチロン水尾《みずお》のキザである。

「まずいプレーをするとさ、イヤミ……じゃなかった……注意《ちゅうい》を十コくらい言《い》いにくるよ。」

「圭一《けいいち》クンね、ほんとに野球《やきゅう》のできる女《おんな》の子《こ》がいるんだなって、すごいビックリしてる。」

「へえ？」

「そんでね、こまったもんだなーって。」

「ちょっと！　試合前《しあいまえ》に、このコをクサらすんじゃないわよ。」

とユミッペがエッちゃんをにらむ。

「だって、あたしに言《い》えって言《い》うんだもん。二葉《ふたば》にチームやめるようにサ。あたし、ちゃんと言《い》ったからね。二葉《ふたば》、別《べつ》にやめなくてもいいからね。」

エッちゃんはほのぼのと笑《わら》う。


霧雨《きりさめ》しとしと。グラウンドどろどろ。わたしの頭《あたま》もどろどろ。エッちゃんにあんなこと言《い》わすなんて、水尾《みずお》さんて最低《さいてい》！　試合《しあい》が始《はじ》まってからも、わたしはプリプリ怒《おこ》ってた。

マンボウズの六年生《ねんせい》エース小海《こうみ》の前《まえ》に、アリゲーターズは三者凡退《さんしゃぼんたい》。わたしは守備位置《しゅびいち》のライトに走《はし》っていって、セカンドの水尾《みずお》さんの背中《せなか》をにらんだ。くやしいな！　アーモンド型《がた》の目《め》の男《おとこ》は信用《しんよう》がならないぞ！　でももっとくやしいのは、柳二葉《やなぎふたば》をなんとなくジャマに思《おも》うのは、水尾《みずお》さん一人《ひとり》じゃないってこと。塩見《しおみ》クン、塩見《しおみ》クンは……？

ああ、塩見《しおみ》のヤツ、今日《きょう》は調子《ちょうし》が悪《わる》い。ストライクを家《いえ》のベッドの中《なか》にわすれてきたみたい。小海《こうみ》さんのナイス・ピッチにカッカきちゃった？　ビビッたのかな？

四回《かい》の裏《うら》、相手《あいて》チームに十個目《こめ》の四球《しきゅう》をあたえると、押《お》し出《だ》しで九点目《てんめ》がはいった。アリゲーターズの得点《とくてん》はまだ四点《てん》。七点差《てんさ》がつくと、コールド負《ま》けになるから、ヤバイよ。もう四球《しきゅう》はダメだよ。後《あと》、二点《てん》はいったら試合《しあい》はおしまいだよ！

ここで、とんでもないことがおきた。

大場《おおば》監督《かんとく》が、わたしをライトから呼《よ》びよせ塩見《しおみ》クンとこうたいするように命《めい》じたのだ。

ゲッ、なんてこと！

塩見守《しおみまもる》はモジモジグズグズしてる。

「もう、ぜったい、ボール投《な》げませんから。」

ひきつった真剣《しんけん》な顔《かお》で、お願《ねが》いしますというふうに監督《かんとく》を見《み》る。

「調子《ちょうし》の悪《わる》い日《ひ》もあるよ。まだ、準決勝《じゅんけっしょう》も決勝《けっしょう》もあるんだからな。」

と監督《かんとく》はなだめるように言《い》った。

「でも、女《おんな》の子《こ》にかわるなんて！　小川《おがわ》さんならいいけど、柳《やなぎ》はいやだ。」

塩見《しおみ》クンの言葉《ことば》。信《しん》じらんない！

「柳《やなぎ》はまだ試合《しあい》で投《な》げたことないですから。」

とマウンドに来《き》た水尾《みずお》さんも言《い》った。

「やってみなきゃ、わかんないでしょ？」

わたしは気《き》がついたら、ケンカを売《う》るみたいに、そう言《い》っていた。色々《いろいろ》と頭《あたま》にきていたのだ。水尾《みずお》さん。塩見《しおみ》クン。バカな男《おとこ》の子《こ》たち！

「だれでも、はじめての時《とき》はあるんだよ。」

大場監督《おおばかんとく》はうなずいた。

「ピッチャー柳《やなぎ》だ。塩見《しおみ》はライトに行《い》け！」

急《きゅう》に別人《べつじん》のように声《こえ》がこわくなって、わたしはひざがふるえた。この場面《ばめん》のおそろしさが一気《いっき》にのみこめた。ヒットを打《う》たれたら、クビになるかもしれない。いや、とにかく、男《おとこ》の子《こ》たちは敵《てき》も味方《みかた》も笑《わら》うかも……。

塩見《しおみ》クンの顔《かお》——真《ま》っ赤《か》な顔《かお》。怒《おこ》ったり笑《わら》ったりすぐ表情《ひょうじょう》に出《で》るタイプだけど、まるで〝泣《な》きそうな赤鬼《あかおに》〟って感《かん》じ。くちびるをきっとかんでライトにずんずん走《はし》っていく。

「いいよ。気《き》にするな。あいつは、ちょっと〝お山《やま》の大将《たいしょう》〟なんだよ。いい勉強《べんきょう》さ。」

大場監督《おおばかんとく》は言《い》う。

「おさえようと思《おも》わなくていいぞ。いつものストライクを投《な》げればいいよ。」

わたしは頭《あたま》がくらくらした。ついに、試合《しあい》で投《な》げる本物《ほんもの》のピッチャー！　でも、なんてデビュー！　水尾《みずお》さんは小《ちい》さく肩《かた》をすくめてセカンドにかけもどる。キャッチャーの柴田《しばた》さんは寄《よ》ってこない。内野手《ないやしゅ》は下《した》をむいたまま。だれも声《こえ》をかけてくれないの。塩見《しおみ》のバカ。ダダッ子《こ》。女《おんな》の子《こ》にかわられたくなかったら、四球《しきゅう》ばっか出《だ》すなよ。

見物人《けんぶつにん》の中《なか》にパパをさがすと、大《おお》きく腕《うで》をふって「二葉《ふたば》、ファイトーッ」とさけんだ。しょうがないね。キャッチャーの柴田《しばた》さんをパパだと思《おも》おう。パパのミットには、いつだって、いいストライクを投《な》げてきたからね。

ふりかぶって、体《からだ》をひねって、思《おも》いきり腕《うで》をふった。ブルーの制服《せいふく》を着《き》たアンパイヤの腕《うで》がまっすぐ天《てん》をさす。

「ストライクゥ。」

ああ、いいひびき！　バッターはバットをふらなかったみたいね。打者《だしゃ》が何番《なんばん》で何年《なんねん》でどんなヤツかなんてぜんぜん考《かんが》えなかった。わたしは、とにかく、ストライクを投《な》げた。ぼんぼんストライクを投《な》げて、三振《さんしん》のコールを聞《き》いて、ガッツポーズ！　両手《りょうて》をつきあげてハデなのをやっちゃったね。

うれしかったから。

こういうの、夢《ゆめ》だったから。

「ナイス・ピッチ、二葉《ふたば》ァ！」とパパの大声《おおごえ》。

わたしは、ライトの塩見《しおみ》クンのことをわすれていた。彼《かれ》の気持《きも》ちを考《かんが》えたら、ガッツポーズがまずいことくらい、わかりそうなものなのにサ。

試合《しあい》は、結局《けっきょく》、九対《たい》四のまま負《ま》けたの。わたしは、二回《かい》と三分《ぶん》の二をノーヒットに押《お》さえたけど、アリゲーターズも小海《こうみ》さんから得点《とくてん》できなかった。ベスト4《フォー》はダメ。関東大《かんとうたい》会《かい》もダメ。小雨《こさめ》は今《いま》や大雨《おおあめ》になっている。

5

二組《くみ》の教室《きょうしつ》の前《まえ》で、塩見《しおみ》クンとはちあわせた。オハヨウと言《い》ったら聞《き》こえないふりをするの。ちょっとドキリとした。

ウチの組《くみ》は男女《だんじょ》の仲《なか》が悪《わる》いから、学校《がっこう》じゃあんまりしゃべらないけど、シカトされたことはないよ。わたしは追《お》いかけていって、塩見《しおみ》クンのシャツの後《うし》ろえりをつかんだ。

「オ・ハ・ヨ・ウ！　何《なに》サ。」

「はなせっ。オレは猫《ねこ》じゃねえぞ！」

やっと口《くち》をきいたから、手《て》をはなすと、塩見《しおみ》クンはふりむいて、どんぐりまなこをむいて、わたしをにらむ。

「何《なに》よ、すごい顔《かお》。」

と言《い》うと、塩見《しおみ》クンはいかり肩《がた》をいよいよそびやかして、男子《だんし》トイレに突進《とっしん》していく。入《い》れかわりにトイレから出《で》てきたのが、ファーストの石原《いしはら》クン。わきを通《とお》る時《とき》、オハヨと声《こえ》をかけると、首《くび》をちぢめて立《た》ち止《ど》まった。

「あいつ、キレてるよ。」

「え？」

「柳《やなぎ》サン、ナイス・ピッチはいいけど、ポーズきめるからさ、塩見《しおみ》の立場《たちば》ないじゃん。」

あ、ハデなガッツポーズ！

「怒《おこ》ってんの、塩見《しおみ》だけじゃないよ。」

そう言《い》うと石原《いしはら》クンはすたすたと四組《くみ》のほうに歩《ある》いていく。わたしはかなしばりにあったようにその場《ば》にかたまっちゃった。


その日《ひ》の授業《じゅぎょう》はぜんぜん耳《みみ》にはいらなかった。塩見《しおみ》クンにあやまろうと思《おも》って、機会《きかい》をねらってたけど、いつも男《おとこ》の子《こ》の輪《わ》の中《なか》にいて、声《こえ》をかけられないの。

わたしは、家《いえ》に帰《かえ》って塾《じゅく》の支度《したく》をしてからマンションのエレベーターホールで、塩見《しおみ》クンをまちぶせした。おそいなあ。どこでふらふら遊《あそ》んでるのよ。もう塾《じゅく》が始《はじ》まるよォ。

あきらめて自転車《じてんしゃ》を出《だ》したところに、やっと、スポーツ刈《が》りの頭《あたま》と、丸《まる》い目玉《めだま》と、空色《そらいろ》のトレーナーがあらわれたの。なんだか、知《し》らない人《ひと》に話《はな》しかけるみたい……。

「塩見《しおみ》クン、この間《あいだ》の試合《しあい》はゴメン！」

思《おも》いきって大声《おおごえ》で言《い》って、ペコンと頭《あたま》を下《さ》げた。

「わたし、バカみたいにうかれちゃって、気分悪《きぶんわる》かったと思《おも》うな。」

「ゼンゼン。」

彼《かれ》は下《した》をむいて、自分《じぶん》の左足《ひだりあし》で右足《みぎあし》の爪先《つまさき》をふむ。アディダスの青《あお》いスニーカー。

「オレが悪《わる》いんじゃん。おまえが最初《さいしょ》から投《な》げてりゃ勝《か》てたのにさ。」

ニコリともしないでそう言《い》うと、エレベーターを待《ま》たずに階段《かいだん》をテテテと駆《か》け足《あし》でのぼっていった。うわあ。八階《かい》まで行《い》くの？

落《お》ちこむヨ。

塾《じゅく》なんか、行《い》く気《き》がしなくなるヨ。


「どうした？　息《いき》きらして。忘《わす》れ物《もの》か？」

「ちがうの。階段《かいだん》を走《はし》ってのぼったの。もう塾《じゅく》はサボりなの。ねえ、パパ聞《き》いてよ……。」

夕食《ゆうしょく》の支度《したく》をしてるパパに、わたしは塩見《しおみ》クンのことを一気《いっき》に話《はな》した。パパはタマネギをきざみながら聞《き》いて、涙《なみだ》をこぼした。

「守《まもる》クンは何《なん》でもできる子《こ》だろ？　スポーツも勉強《べんきょう》も、そんなに努力《どりょく》しなくても人《ひと》なみ以上《いじょう》にできる。いつも人気者《にんきもの》でスター。そういう子《こ》はね、失敗《しっぱい》がこたえるんだよ。」

パパは丸《まる》メガネをはずして目《め》をこすった。

そうなんだ。あいつは塾《じゅく》も行《い》かないし、授業中《じゅぎょうちゅう》はふざけてるのに、成績《せいせき》が良《よ》いのだ。ドッジボールの王様《おうさま》で、リレーはアンカー。学級委員《がっきゅういいん》をやらないのは、イタズラがひどくて女子《じょし》ににらまれてるせい。

「二葉《ふたば》とはいっしょに大《おお》きくなったし、負《ま》けるのがよけいくやしいんだろう。」

「そんなあ……。」

「いちいち気《き》にするな。二葉《ふたば》もたいがいエラソーだぞ。次《つぎ》もあんなピッチングできるか？　今度《こんど》はおまえがボロボロになって、守《まもる》クンがピカピカかもしれない。そうだろ？」

パパの言葉《ことば》に、わたしはうなずいた。

「スポーツって、そういうもんだよ。だからいいんだよなァ。」

わたしはもう一度《いちど》うなずく。気分《きぶん》が良《よ》くなった。パパはえらい！　塾《じゅく》をサボったのに怒《おこ》りもしないで、相談《そうだん》にのってくれる。おまけに今夜《こんや》は、ポテト・コロッケ！

でもね、パパ。スポーツは、やっぱり、色々《いろいろ》、タイヘン！

アリゲーターズの高学年《こうがくねん》の男《おとこ》の子《こ》たちは、みんな、わたしのこと、カンペキ、きらいになっちゃったの。冷《つめ》たい目《め》。話《はな》しかけてもナマ返事《へんじ》。これまでは、〝北海道《ほっかいどう》〟くらいのサムサだったのが、ついに〝北極《ほっきょく》〟！　それなのに、監督《かんとく》は、わたしに今度《こんど》の試合《しあい》で先発《せんぱつ》するように言《い》うのよ。

市《し》の三十二チームが五ブロックに分《わ》かれてのリーグ戦《せん》。アリゲーターズは東《ひがし》ブロックで、六チームと当《あ》たる。

やるっきゃないかしら？　ガッツポーズをしない。ニコリともしない。ポーカーフェイスのサウスポーよ！　そうね。ばつぐんのナイス・ピッチをしてチームにぜったい必要《ひつよう》な人間《にんげん》だって、男《おとこ》の子《こ》たちにわからせてやればいいのよ。

よそのチームのピッチャーは、ほとんど六年生《ねんせい》なの。だから、五年生《ねんせい》、それも女《おんな》の子《こ》が先発《せんぱつ》するなんて、大事件《だいじけん》だよ。そうだっ。実力《じつりょく》をばっちり見《み》せてやればいいんだ！

試合《しあい》は、五月《がつ》の最後《さいご》の日曜日《にちようび》。

前《まえ》の夜《よる》は興奮《こうふん》してよく寝《ね》られなくて、朝起《あさお》きたら、左奥《ひだりおく》の虫歯《むしば》がずいずい痛《いた》むの。えい景気《けいき》の悪《わる》い。イヤな予感《よかん》がしたな。朝食《ちょうしょく》の時電話《ときでんわ》が鳴《な》って、パパはお得意様《とくいさま》から急《きゅう》なシッターの仕事《しごと》がはいっちゃった。

「ゴメン。応援《おうえん》行《い》けないや。」

としょげるパパに、

「いいよ。平気《へいき》よ。『プラネッツ』はそんなに、強《つよ》かないの。」

とミエはったけど、ほんとは胸《むね》がドキドキしてきたの。どうしよう？　パパがいてくれると、とっても心強《こころづよ》いんだけどな。

市営球場《しえいきゅうじょう》。夏《なつ》のように暑《あつ》い日《ひ》。

いつもはゆっくり来《く》る六年生《ねんせい》グループが、四人《にん》でかたまっていて、わたしの姿《すがた》を見《み》ると急《きゅう》に話《はなし》をやめた。ドキリとする。肩《かた》のへんに力《ちから》がはいる。あれ？　わたし、ヘンだ。悪口《わるぐち》とか言《い》われるくらいでビビるような、かわいこちゃんじゃないのに。

塩見《しおみ》クンと石原《いしはら》クンも、今日《きょう》はじゃれあってない。寝不足《ねぶそく》みたいな仏頂面《ぶっちょうづら》。何《なん》なの？　このムードの悪《わる》さ！　大場監督《おおばかんとく》と二人《ふたり》のコーチが気合《きあ》いを入《い》れようと大《おお》きな声《こえ》でバリバリしゃべると、その声《こえ》がまた、奥歯《おくば》にひびくんだよ。わたし、緊張《きんちょう》してる？　マウンドに立《た》った時《とき》、体中《からだじゅう》がコンクリートでできている気《き》がしたよ。ひゃあ、パパ、助《たす》けて——でも、パパはいない。マンションの赤《あか》ん坊《ぼう》のところ。

がんばらなくちゃ！　うんと〝実力《じつりょく》〟を見《み》せて、アリゲーターズで、もっと野球《やきゅう》をやるんだ！　コンクリート製《せい》の重《おも》い腕《うで》をふりあげる。わたしのボールなんて受《う》けたくもないって顔《かお》の柴田《しばた》さんに、ぜいたく言《い》うなよテメーと一球目《きゅうめ》を投《な》げる。いきなり、セカンド・ゴロ。でも、ほっとする間《ま》もなく、名手《めいしゅ》、水尾《みずお》さんがまさかのトンネル！　ああ、虫歯《むしば》がずいずい痛《いた》むよ。

わたしは、初《はじ》めて、ランナーを出《だ》した。そこで、牽制球《けんせいきゅう》というのを、初《はじ》めて投《な》げると、ちょっとそれただけなのに、ファーストの石原《いしはら》クンがトピンとはじく。今日《きょう》のアリゲーターズは、名前《なまえ》をエラーズに変《か》えたほうがよさそうだ――フライは落《お》とす。ゴロはそらす、送球《そうきゅう》はこぼす……。

もちろん、わざと、じゃないと思《おも》うよ。わからずやの男《おとこ》の子《こ》たちだけど、そんなひきょう者《もの》じゃない。なんとなく、ムードが悪《わる》いだけ。きっと、わたしが投《な》げてるから、気合《きあ》いがはいらないのよ。バッティングもひどくてプラネッツのマッチ棒《ぼう》みたいな投手《とうしゅ》から一点《てん》もとれないの。

一番《いちばん》良《よ》くないのは、エラー病《びょう》がこっちにも伝染《でんせん》したことだった。わたしは、ボークをとられ、牽制球《けんせいきゅう》をあさっての方向《ほうこう》に投《な》げ、ピッチャーゴロをとりそこなってマウンドで二回《かい》コケた。頭《あたま》に血《ち》がのぼって、ついにヒットを打《う》たれた。

これで、試合《しあい》に勝《か》てたら、ダイヤモンドの総入《そうい》れ歯《ば》にしてもいいネ。六対《たい》〇で完敗《かんぱい》。情《なさ》けなくて鼻水《はなみず》が出《で》そうになった。

大場監督《おおばかんとく》もだいぶカッカきていたみたい。

試合《しあい》の後《あと》のミーティングで、これからの試合《しあい》はしばらく柳《やなぎ》を投《な》げさせるって、爆弾発《ばくだんはっ》言《げん》をやらかすんだもの。男《おとこ》の子《こ》たち、ゾゾゾとざわめいたよ！　塩見《しおみ》クンはデカい目玉《めだま》をぐりぐり動《うご》かして、口《くち》を一文字《いちもんじ》にむすんでる。

「柳《やなぎ》はとにかくマウンドになれることだな。練習《れんしゅう》も大事《だいじ》だが、試合《しあい》が一番《いちばん》いい。」

監督《かんとく》はむずかしい顔《かお》で言《い》う。

そりゃ、たしかに、わたし、ボークやらエラーやらマウンドになれてないブザマなプレーをいっぱいしたけど……。

「塩見《しおみ》が投《な》げたほうがいいと思《おも》います。」

水尾《みずお》さんがきっぱりと発言《はつげん》した。四、五人《にん》がだまってコクコクとうなずく。

「エースは塩見《しおみ》だし……。」

とキャッチャーの柴田《しばた》さんも言《い》う。

「高校野球《こうこうやきゅう》じゃないんだぞ。」

と監督《かんとく》はふわっと笑《わら》った。

「エースだの、ひかえだの、リリーフだの、おまえら、そんなにえらい選手《せんしゅ》か？」

すっときびしい顔《かお》にもどる。

「もちろん、小学生《しょうがくせい》だって、えらい選手《せんしゅ》、りっぱな選手《せんしゅ》はいっぱいいる。試合《しあい》で自分《じぶん》の力《ちから》を十分《じゅうぶん》に出《だ》せて、仲間《なかま》を信頼《しんらい》して、最高《さいこう》のチームを作《つく》ろうとする選手《せんしゅ》だ。」

監督《かんとく》はみんなの顔《かお》をゆっくり見《み》まわした。

「塩見《しおみ》はすごい投手《とうしゅ》だし、柳《やなぎ》もきっといい投手《とうしゅ》になる。アリゲーターズは、ふたりのエースピッチャーを持《も》ってどんどん強《つよ》くなればいいじゃないか。どうだ？」

ハイッと水尾《みずお》さんや塩見《しおみ》クンも口々《くちぐち》に返事《へんじ》をしたけど、わたしは、なんだか、たんまりとプレッシャーを感《かん》じちゃったな。

パパと泥縄《どろなわ》の特訓《とっくん》。ノック、ボークにならないように牽制球《けんせいきゅう》の投《な》げ方《かた》をチェック。パパはだいじょうぶだよって言《い》うんだけど、わたしは試合《しあい》のことを考《かんが》えると心配《しんぱい》でドキドキするの。歯医者《はいしゃ》さんにも行《い》ったのよ。虫歯《むしば》はぐいとひっこぬいてオサラバ。

わたしね、今度《こんど》つまらないプレーをしたらチームにいられなくなるような気《き》がするの。ナイス・ピッチでエースの証明《しょうめい》。監督《かんとく》がわざわざくれたチャンスだもの。ふきげんなチームメイトの顔《かお》、顔《かお》、顔《かお》。ああ、コワイ。相手《あいて》が新人戦優勝《しんじんせんゆうしょう》のマンボウズだってこともプレッシャーなんだな。


マウンドの上《うえ》。今度《こんど》は体《からだ》がコンクリートどころか、仏像《ぶつぞう》になったみたい。もう、ダメ。緊張《きんちょう》してると、ほんとにダメ。パパの顔《かお》を横目《よこめ》で見《み》ても、どうしてもダメ。

また同《おな》じパターンなの。エラー、ボーク、盗塁《とうるい》、ヒット。プラネッツ戦《せん》とちがったのは他《ほか》の子《こ》がエラーする前《まえ》に、わたしがむちゃくちゃになったこと。それと、ストライクがはいらなくなったこと——ショックだった！　コントロール命《いのち》のわたしがストライクがとれないで、チームにいる意味《いみ》がどこにある？　戦力《せんりょく》にならない……。きっと、わたし、マウンドの上《うえ》で、鏡《かがみ》もちの青《あお》カビみたいに顔色《かおいろ》が悪《わる》くなってたと思《おも》う。四球《しきゅう》、また四球《しきゅう》。

ついに塩見《しおみ》クンとこうたいになる。

ライトに走《はし》っていく時《とき》、男《おとこ》の子《こ》たちがみんな、ザマーミロとつぶやいてる気《き》がしたよ。

みじめだよ。泣《な》くまいとしたら、鼻《はな》が痛《いた》くてヂンヂンするの。

塩見《しおみ》クンはすごいファイト。力《りき》みすぎて、あいかわらずのノーコン病《びょう》。四球《しきゅう》を二つ出《だ》したけど、その後《ご》三振《さんしん》を三つとったの。ため息《いき》が出《で》ちゃうね。心《こころ》の中《なか》で拍手《はくしゅ》。

塩見《しおみ》クンは、ピンチをきりぬけて、しずしずとマウンドをおりる。いつもなら「よーし」とか「それいけっ」とか明《あか》るく気合《きあ》いをいれるところだけど、今日《きょう》はだまっている。ガッツポーズもなし。かわり柴田《しばた》さんが、「さすが！」と声《こえ》をかけた。「ナイス・ピッチ」と水尾《みずお》さんが肩《かた》をたたく。男《おとこ》の子《こ》たちに、ほっとしたような笑顔《えがお》がもどる。わたし、バカみたいね。舞台《ぶたい》をまちがえたピエロみたい。

六対《たい》五でアリゲーターズはまた負《ま》けた。でも、チームにいいムードがもどったの。塩見《しおみ》クンがマウンドにいると、男《おとこ》の子《こ》たちはなんだか元気《げんき》になるのよ。きっと、エースって、そういう人《ひと》のことを言《い》うのよ。ただ、うまく投《な》げるだけじゃない。塩見《しおみ》クンとほかのメンバーの間《あいだ》には、ちゃんとした友情《ゆうじょう》とチームワークがあるから。

帰《かえ》り道《みち》、広場《ひろば》で三角《さんかく》ベースをやってる小《ちい》さな男《おとこ》の子《こ》たちを見《み》た。キイキイ声《ごえ》でおたけびをあげながら、とっても楽《たの》しそう。わたしは、金網《かなあみ》ごしに見《み》ていたアリゲーターズの練《れん》習風景《しゅうふうけい》を思《おも》い出《だ》した。あれは、よかったたな。元気《げんき》で、ポップで、明《あか》るくて――あこがれたな。

そうなの。ただ、野球《やきゅう》がやりたかっただけじゃないの。わたし、あのいい感《かん》じの男《おとこ》の子《こ》たちの仲間《なかま》になって、楽《たの》しくやりたかったの。どこで、まちがったんだろ? 女《おんな》の子《こ》ってだけでいやがられてくやしくて、それなら実力《じつりょく》を見《み》せてやるっていきがって……。

わたし、失敗《しっぱい》した。

隣《となり》を歩《ある》いてるパパと話《はな》す元気《げんき》もないほど、ぐったりしちゃった。

もう、チームにいられないね。さみしいね。サヨナラ、男《おとこ》の子《こ》たちのアリゲーターズ。


その夜《よる》、大場監督《おおばかんとく》から電話《でんわ》をもらった。

「がっかりするなよ。よくあることさ。」

ガラガラ声《ごえ》。あったかい声《こえ》。

「みんな、失敗《しっぱい》して失敗《しっぱい》して、それでうまくなるんだぞ。女《おんな》の子《こ》も男《おとこ》の子《こ》もいっしょだ。」

「はい。」

と返事《へんじ》をして、とってもうれしかったけど、わたし、なんだか、もう、穴《あな》のあいた風船《ふうせん》みたいにジューッてしぼんじゃったのよ。

次《つぎ》の土曜《どよう》の練習日《れんしゅうび》は雨《あめ》だった。夜《よる》にまた監督《かんとく》から電話《でんわ》があって、明日《あした》のリーグ戦《せん》で投《な》げたいかって聞《き》かれたの。投《な》げたい？　イイエ——正直《しょうじき》に答《こた》えたら、監督《かんとく》はしばらくだまって、それから、ちょっとがっかりした声《こえ》で、

「じゃあ、塩見《しおみ》でいこう。でも、リリーフあるかもしれないぞ。なにしろ、あいつは気分《きぶん》屋《や》だから。」

と言《い》ったの。

日曜日《にちようび》、六月《がつ》のムシムシするくもり空《ぞら》。わたしは、ユニフォームを着《き》て家《いえ》を出《で》たけど、試合場《しあいじょう》の商業高校《しょうぎょうこうこう》のグラウンドに行《い》かなかった。自転車《じてんしゃ》がそっちに行《い》きたがらないのよ。磁石《じしゃく》のN極《エヌきょく》とN極《エヌきょく》みたい。隣町《となりまち》まで飛《と》ばしてA川《エーがわ》の土手《どて》にゴロンところがって、白《しろ》い空《そら》をながめた。塩見《しおみ》クン、今《いま》ごろ投《な》げてるかな？　ちゃんとストライク投《な》げてるかな？　ライトはだれが守《まも》ってるのかな？　急《きゅう》に体《からだ》がぞくぞくっとふるえた。コンセントを入《い》れて電源《でんげん》がついた感《かん》じ。やっぱり行《い》こうかな。今《いま》からでも行《い》こうかな。でも、きっと、みんな、イヤな顔《かお》をするね。ああ、目《め》がなみだっぽくなったよ。くもり空《ぞら》のくせにまぶしい。

コンビニでマンガを立《た》ち読《よ》みしたり、ハンバーガーを食《た》べたりして、時間《じかん》をつぶした。

知《し》った人《ひと》に会《あ》わないかどうか、ドキドキこそこそするの。学校《がっこう》をさぼった不良《ふりょう》みたい。パパは応援《おうえん》に行《い》ったかしら。監督《かんとく》は怒《おこ》ってるだろな。みんな、わたしが家出《いえで》したとか思《おも》わないかしら。

六〇六号室《ごうしつ》のドアを開《あ》けると、パパは玄関《げんかん》にすわりこんで、靴《くつ》をはしからピカピカにしているところだった。

「おかえり。試合《しあい》、どうだった？」

「え？　あ、うん……と。」

「悪《わる》いね。行《い》けなくて。実《じつ》はね、ニュースがあるんだ。ママが帰《かえ》ってくるんだよ。」

「やったネ！」

わたしは、一瞬《いっしゅん》なやみごとをわすれて、さけんだ。ママったら、連休《れんきゅう》にも帰《かえ》ってこないから、もう三カ月《げつ》ぶり？

その時《とき》、パパはわたしのよごれのないユニフォームをつくねんとながめ、わたしは、パパの元気《げんき》のない顔《かお》をジロジロ見《み》つめる。

「どうしたの？」

と同時《どうじ》に聞《き》いた。

6

ママは爆弾《ばくだん》！　ちょっとお取《と》りあつかいをまちがえたら、人類滅亡《じんるいめつぼう》の水素爆弾《すいそばくだん》みたい。せっかく単身赴任《たんしんふにん》が終《お》わって、家族《かぞく》四人《にん》で暮《く》らせるというのに、あのきげんの悪《わる》さはどうだろう？

ママ、ずいぶんやせて、メロン色《いろ》のスーツとそっくりの顔色《かおいろ》で帰《かえ》ってきたの。パパはママがうどんばっかり食《た》べてたんじゃないかって心配《しんぱい》したよ。タンパク質《しつ》もビタミンもカルシウムも足《た》りてない顔《かお》だって。

会社《かいしゃ》の話《はなし》は、わたしにはよくわかんない。また子供部屋《こどもべや》にまいもどってきたおネエが、夜《よる》こっそり言《い》うには、「クビにならずにすんでめっけもの」なんだって。ママを大阪《おおさか》に呼《よ》びよせた上司《じょうし》のオジサンが肝臓《かんぞう》の病気《びょうき》で倒《たお》れてしまった。休《やす》みは長《なが》くなるらしくて、別《べつ》の人《ひと》がかわりのボスになったら、ママを目《め》のかたきにしていじめる。ママも気《き》が強《つよ》いもんでバリバリ喧嘩《けんか》してたんだけど、結局《けっきょく》、大阪支店営業部《おおさかしてんえいぎょうぶ》のチームから追《お》い出《だ》されてしまったんだって。

「女《おんな》の人《ひと》が会社《かいしゃ》でえらくなるには、味方《みかた》してくれる男《おとこ》の人《ひと》が必要《ひつよう》なのよ。ママはその味《み》方《かた》がいなくなっちゃって、次《つぎ》を探《さが》すのに失敗《しっぱい》したの。サセンってやつよ。本社《ほんしゃ》に帰《かえ》ったのはいいけどさ、課長《かちょう》が課長代理《かちょうだいり》になったんだもの。」

パジャマ姿《すがた》のアッコ姉《ねえ》ちゃんは、枝毛《えだげ》をブチブチかみきりながらまゆをひそめる。

「お給料下《きゅうりょうさ》がるしさァ、ウチやばいじゃん。パパのシッターなんてお遊《あそ》びで、たいした収入《しゅうにゅう》ないしさ、あたしもバイトしようかなア。」

どうせ、彼氏《かれし》の直《なお》チャンといっしょに、バーガー・ショップでイラッシャイマセをやりたいんだろ？　わたしは新聞配達《しんぶんはいたつ》でもやろうかな？　小学生《しょうがくせい》ってやとってくれるのかしらん？

パパはママを太《ふと》らそうとして、ビーフカツ、天《てん》ぷら、筑前煮《ちくぜんに》、ボルシチ、中華《ちゅうか》サラダと腕《うで》をふるうけど、喜《よろこ》ぶのはわたしらばかり。ママは食欲《しょくよく》がないの。

「食《く》わなきゃだめさ。君《きみ》は胃袋《いぶくろ》がちぢんじゃってるよ。どうせ一日《にち》二食《しょく》で、定食《ていしょく》か、ファーストフードか、ロクに口《くち》にはいらない接待《せったい》のごちそうばっかだろ？」

「あら。外《そと》の仕事《しごと》って、そんなものよ。あなたにはわからないのよ。」

ママはゆううつそうにイヤミを言《い》う。

「がんばって食《た》べてよ。ママがたおれたら、ウチはどうなるのよ。」

おネエがもっとつっこんだイヤミを言《い》う。パパは口笛《くちぶえ》のようなため息《いき》をつく。

「保父《ほふ》の資格《しかく》を取《と》ろうと思《おも》うんだがね……。」

「あら、それ、三年《ねん》も前《まえ》から言《い》ってるじゃないの。別《べつ》にいいわよ。あたしは食欲《しょくよく》がないだけで、仕事《しごと》をやめるとは言《い》ってないわよ。」

「資格《しかく》を取《と》ってシッターの派遣業《はけんぎょう》に登録《とうろく》して……。」

「別《べつ》にいいわよ。あなたは家《いえ》にいても。」

「恩《おん》きせがましい言《い》い方《かた》はよしてくれよ。おたがいベストと思《おも》って選《えら》んだやり方《かた》だろ？」

「はいはい……。」

「なんだよ？　ぼくは赤《あか》ん坊《ぼう》じゃないぞ。はいはい……なんて！」

「それ、冗談《じょうだん》？　おもしろくない。」

「ママってば！」

わたしがたまりかねて口《くち》を出《だ》すと、ママはつかれたようにフニャッと笑《わら》う。あらら、笑《わら》うとシワが増《ふ》えるな。こまったもんだなー。

毎日《まいにち》が、十三日《にち》の金曜日《きんようび》で仏滅《ぶつめつ》みたい――ロクなことがない！

わたしは、アリゲーターズの練習《れんしゅう》および試合《しあい》をサボりつづけてる。監督《かんとく》は二回電話《かいでんわ》をくれた。最初《さいしょ》はカゼですとウソをついて、すっかりイヤな気持《きも》ちになり、次《つぎ》は居留守《いるす》を使《つか》ってもっと泥沼《どろぬま》に落《お》ちこんだ。

わたしって、今《いま》、サイテイ。

はっきり言《い》わないといけないよね。もう、自信《じしん》がありません。やめます。でも、なんとなくズルズルひきのばしてるの。サイテイ。

パパは何《なに》も言《い》わない。わたしとママと二人《ふたり》のオチコミ女《おんな》をかかえて、とても大変《たいへん》。ジョギングだけは続《つづ》けようなとパパが言《い》うので、毎朝《まいあさ》いっしょにテコテコと走《はし》っている。

「家族《かぞく》みんなで走《はし》るのが夢《ゆめ》なんだ。リレーマラソンみたいなの、いいよな。でも、ママもアッコちゃんも走《はし》りたがらないだろうな。」

「わたしとパパで一人《ひとり》ずつオンブするのよ。」

「そりゃ、けっこうな耐久《たいきゅう》レースだ。」

朝《あさ》の空気《くうき》の中《なか》を走《はし》ると、だいぶ気分《きぶん》がアップするよ。やっぱり、ママも走《はし》るといい。

ところが、ジョギングどころか、ママはついに寝《ね》こんでしまった！　季節《きせつ》はずれのインフルエンザ、ちょっと過労気味《かろうぎみ》ですね、とお医者《いしゃ》さんは言《い》った。

高熱《こうねつ》を出《だ》して、せきして、白《しろ》い顔《かお》で、ベッドに寝《ね》ているママを見《み》ると、わたしは、くらくらするほど不安《ふあん》になった。ママってば！　いつも二人前《ににんまえ》は元気《げんき》なんだから。いくら、メゲてても、きげんが悪《わる》くても、ほんとにたおれちゃうなんて、夢《ゆめ》にも思《おも》わなかった。

ママ、ごめん！　もっと優《やさ》しくすればよかった。ふきげんでイヤだなんて思《おも》うんじゃなかったよ。ああ、どうしよう！　大阪《おおさか》の会社《かいしゃ》の人《ひと》みたいに入院《にゅういん》しちゃったらどうしよう！

「ただのカゼだよ。かえっていいよ。カゼでもひかなきゃ、ママは体《からだ》を休《やす》めないからな。」

とパパは言《い》って、ぬれタオルの準備《じゅんび》をする。パパは看病《かんびょう》の天才《てんさい》だ。パパの作《つく》るおかゆバラエティー（梅干《うめぼ》しがゆ、卵《たまご》がゆ、いもがゆ、フルーツがゆ）は、熱《ねつ》で舌《した》がマヒしてても、とてもおいしい。わたしが熱《ねつ》を出《だ》した時《とき》、パパはいつもそばにいてくれたっけ。パパの手《て》のひらは魔法《まほう》の手《て》のひらだと言《い》うの。野球《やきゅう》ボールをにぎってたゴツイ手《て》のひら。ほてったおでこにのると、熱《ねつ》がすいとられるみたい。痛《いた》む背中《せなか》をなでてもらうと、気持《きも》ちがよくて安心《あんしん》していつのまにか眠《ねむ》ってしまうの。ママもパパにまかせておけば、きっと、だいじょうぶね。

パパはシッターの仕事《しごと》をぜんぶ断《ことわ》って、ママについていた。ママの熱《ねつ》はがんこで、なかなかひかない。四日後《よっかご》にやっと三十七度《ど》四分《ぶ》に下《さ》がった時《とき》、わたしはパパから看病《かんびょう》をバトンタッチされた。二階《かい》の田代《たしろ》のおばさんが、どうしてもどうしてもシッターがいるって、電話口《でんわぐち》でギャンギャンさけぶもので。

「パパ、ずいぶん腕《うで》がいいみたいね。必要《ひつよう》とされてるのね。」

ママはひとまわり小《ちい》さくなった顔《かお》で、くず湯《ゆ》をすすりながらそう言《い》った。

「人気者《にんきもの》よ。特《とく》に赤《あか》ちゃんにね。」

わたしはベッドのわきの椅子《いす》に腰《こし》かけて、返事《へんじ》をする。

「いいわねえ。ママは人気《にんき》がないのよ。特《とく》にオジサンにね。」

ママがしんからうらやましそうに言《い》うから、わたしはなんだか悲《かな》しくなった。

「わたしだってサ。ゼンゼンだよ。男《おとこ》の子《こ》たちに。」

調子《ちょうし》をあわせるように言《い》うと、ママは腕《うで》をのばして、わたしの頭《あたま》をパシャとたたいた。

「なによ。だらしないっ。二葉《ふたば》はこれからじゃないの。」

「そういう意味《いみ》じゃなくてサ。」

「……野球《やきゅう》、行《い》ってないんだって？」

ママがしみじみとわたしを見《み》つめるもんで居心地《いごこち》が悪《わる》くなって弱《よわ》ったよ。パパから聞《き》いたんだね。ママが帰《かえ》ってきてから、アリゲーターズのことを口《くち》にするのは、それが初《はじ》めてだった。

「だらしないかな？」

わたしは小《ちい》さい声《こえ》で聞《き》いた。

「そうね。」

ママは小《ちい》さいけど、きっぱりした声《こえ》で返事《へんじ》する。

「でも、わたしががんばっても、みんな、めいわくするばっかで、喜《よろこ》ぶ人《ひと》がいない……。」

そう言《い》いながら、大場監督《おおばかんとく》の顔《かお》が目《め》の前《まえ》にチラついて、今《いま》の言葉《ことば》はウソだなと思《おも》う。

「監督《かんとく》……だけ。」

つけたすと、

「ママもパパも。」

とママは白《しろ》くて細《ほそ》い顔《かお》でにっこりとした。

「今度《こんど》、熱《ねつ》を出《だ》して思《おも》い出《だ》したけど、二葉《ふたば》は小《ちい》さい時《とき》は弱《よわ》い子《こ》で、パパがなんとかじょうぶな子《こ》にしなきゃって、外《そと》に連《つ》れ出《だ》して、キャッチボールしたり、ジョギングしたり……。ねえ？　今《いま》はがっちりして色《いろ》も黒《くろ》くて健康《けんこう》でタフなハンサム・ガールよ。」

「ハンサム・ガール？」

「もっと、もっと、ハンサムになって！」

「ハンサム？」

「女《おんな》にしても男《おとこ》にしても通用《つうよう》する、魅力《みりょく》のある人間《にんげん》よ。最高《さいこう》にカッコいい人《ひと》。ママもそうなりたいけど……。」

ママは目《め》をとじてため息《いき》をついた。

「仕事《しごと》っておもしろいわ。初《はじ》めは営業事務《えいぎょうじむ》。それから、電子《でんし》レンジの企画《きかく》のプロジェクトチームの社内公募《しゃないこうぼ》にチャレンジしたの。調査《ちょうさ》で北海道《ほっかいどう》から九州《きゅうしゅう》まで色《いろ》んな所《ところ》に行《い》ったわ。アッコちゃんが生《う》まれて産休《さんきゅう》を三カ月《げつ》だけ取《と》って……。パパがよく頑張《がんば》ってくれたわね。総合職《そうごうしょく》の試験《しけん》を受《う》けた時《とき》、転勤《てんきん》あるよ、家庭《かてい》のある人《ひと》には無理《むり》だよって面接《めんせつ》で言《い》われたけどウチは大丈夫《だいじょうぶ》、どうぞどうぞってね。販売《はんばい》の最前線《さいぜんせん》が見《み》たくて営業《えいぎょう》を希望《きぼう》して。ノルマをもらってうれしかったわ。トップ賞《しょう》を何度《なんど》もとったわ。一番自分《いちばんじぶん》に向《む》いてると思《おも》った。」

ひとりごとみたいな早口《はやくち》。

ママは目《め》をあけてにっこりした。

「ごめん。つまんないわね。わかんないね、仕事《しごと》の話《はなし》なんか。」

「ううん。」

わたしはかぶりをふった。

「わかんなくても、おもしろいよ。」

ママが、夢中《むちゅう》でめいっぱいはりきってたのがわかるもの。

「悔《くや》しいわよねえ。今度《こんど》のことは自分《じぶん》のミスじゃないからねえ。数字《すうじ》は……結果《けっか》は出《だ》してたもの。でも、それだけじゃダメだった。新《あたら》しいボスは女《おんな》だからってことだけで、ママが大嫌《だいきら》いだったのよ。」

ドキリとした。

これは知《し》ってる話《はなし》だ。わたしのこと。アリゲーターズのチームの男《おとこ》の子《こ》たちのこと。

「わかる。」

わたしは思《おも》わず言《い》った。

「チカラだけじゃダメ。」

「そうよ！」

ママは急《きゅう》にこわい目《め》になった。

「まわりとうまくやるところまでが、本当《ほんとう》のチカラなのよ。」

そして、つぶやいた。

「でも、むずかしいわ。すごくむずかしい。」

ますます胸《むね》がさわいで、足《あし》がふるえた。ママが、わたしに、こんな話《はな》し方《かた》をすることはめったにない。

がんばって、ママ！　と言《い》おうとして、なぜか言《い》えなかった。ママがあまりに真剣《しんけん》だったから。


ママは次《つぎ》の日《ひ》には起《お》き出《だ》して、会社《かいしゃ》に行《い》く支度《したく》をした。

「まだ、ムリだよ。まだ、熱《ねつ》があるじゃないか。ムリしてぶりかえしたら、元《もと》も子《こ》もないよ。もう少《すこ》し休《やす》めよ。」

パパは心配《しんぱい》して必死《ひっし》で止《と》める。

「あら、そんなに甘《あま》やかすもんじゃないわ。パパの顔《かお》を見《み》たら、ほっとして、熱《ねつ》が出《で》ちゃったものね。これ以上甘《いじょうあま》やかされたら、あたし、根性《こんじょう》なしになっちゃうわよ。」

ママは陽気《ようき》にしゃべる。

「根性《こんじょう》なしになって、会社《かいしゃ》もやめちゃって、何《なん》にもがんばらない女《おんな》になっちゃうわ。」

ママはせっせとお化粧《けしょう》をする。顔色《かおいろ》がよく見《み》えるようにと、きれいなローズピンクのスーツを着《き》て、きちんとメイクすると、ママはぜんぜん病人《びょうにん》には見《み》えないの。ほっぺたはコケてるけど、それもファンデーションの色《いろ》を変《か》えて、少《すこ》しふっくらと見《み》せられるの。すごいな。

「あたしもお化粧《けしょう》したい！」

おネエが感動《かんどう》してさけぶとママは笑《わら》った。

「何言《なにい》ってるの。すべすべピーチ・スキンのお嬢《じょう》さんが。」

ママ、明《あか》るくなったみたい。体《からだ》がだるいだろうに。ふらふらするだろうに。熱《ねつ》を出《だ》して汗《あせ》をかいて悪《わる》いものを流《なが》しちゃったのかな？

「行《い》ってきます！」

ママはきりっとあいさつして、廊下《ろうか》にハイヒールの音《おと》をコンコンひびかせて歩《ある》いていく。

「あたしもいっしょに行《い》くわ!」

おネエが後《あと》をロウヒールでバタバタおいかける。

「ママ、すごいな。」

わたしがそう言《い》うと、

「まったくな。こまったもんだ。」

とパパはつぶやいた。

わたしは、スニーカーをはいて、足音《あしおと》をたてずにエレベーターの前《まえ》に行《い》く。急《きゅう》に思《おも》い立《た》って、階段《かいだん》をダーッとかけおりた。

根性《こんじょう》なしはだれだ?

がんばらないのはだれだ?

一度《いちど》の失敗《しっぱい》でメゲたのはだれだ?

わたし?

ママは会社《かいしゃ》へ行《い》ったぞ。

ヤホッ!

一階《かい》につくと、ピッチング・モーション。ふりかぶって投《な》げる。ランドセルがじゃま。

もう一度《いちど》。それから一塁牽制《いちるいけんせい》――

「ボーク！」

と声《こえ》がした。ふりむくと、塩見守《しおみまもる》。半袖《はんそで》の白《しろ》いT《ティー》シャツ。わたしはなんだかドキドキした。

「ちがうよ。こうだよ。こう……。」

塩見《しおみ》クンはかばんを投《な》げだして、牽制《けんせい》のモーションをとった。

「おまえは、こうやってるの。こうやらないとボークとられんの。わかる？」

「こう？」

わたしは、ゆっくりと彼《かれ》のまねをする。

「そう！」

塩見《しおみ》クンはかばんをひろいあげると、それきりふりむきもせずに走《はし》りだす。六月《がつ》のくもり空《ぞら》の下《した》、白《しろ》いT《ティー》シャツの後《うし》ろ姿《すがた》が、ちょっぴり寒《さむ》そうに見《み》えた。いいランニング！

全力疾走《ぜんりょくしっそう》しておっかけようか？　どうせ、学校《がっこう》までの同《おな》じ道《みち》。

でも、わたしは、のんびり歩《ある》くことにしたよ。なんだか、フフフと笑《わら》えてくるの。一人《ひとり》でバカみたいなの。塩見《しおみ》クンとしゃべったのは一カ月半《げっはん》ぶりくらい？

こうじゃなくて、こうか——わたしは時々《ときどき》立《た》ち止《ど》まって牽制《けんせい》の練習《れんしゅう》をした。まわりの人《ひと》たちにヘンな目《め》で見《み》られたな。

7

わたし、アリゲーターズに帰《かえ》ることを、決《き》めたの！

塩見《しおみ》クンが声《こえ》をかけてくれたら、とつぜんメラメラと野球《やきゅう》がやりたくなったよ。

それにさ、ママ！

ママががんばってるのに、わたしがダメな子《こ》じゃ恥《は》ずかしいもん。女《おんな》だからってイヤがられたのはいっしょだけど、ママのほうがもっとかわいそう。ママはやりたい仕事《しごと》ができなくなったけど、わたしはまだ野球《やきゅう》をなくしてない。まだチームをクビになってないんだ。

あの石頭《いしあたま》ボーイズと、とことんつきあっちゃうよ！　ひとりでカリカリしないで、つっぱらないで、もっと自然《しぜん》な感《かん》じで仲良《なかよ》くできたら……。

そう、ママはなんて言《い》ってたっけ？

そう――ハンサム・ガール！

男《おとこ》でも女《おんな》でも素敵《すてき》な子《こ》。男《おとこ》にも女《おんな》にも好《す》かれる子《こ》。わたし、ハンサム・ガールになろうと思《おも》うの。

居間《いま》の電話《でんわ》に突進《とっしん》。まず、行動《こうどう》。ウジウジ悩《なや》んでるヤツはハンサムではない。

でも、受話器《じゅわき》を持《も》つ手《て》がふるえちゃったよ。ごぶさたの大場監督《おおばかんとく》。もし、鬼《おに》のように怒《おこ》ってたら、どんなにこわいだろうな……！

「おー、柳《やなぎ》か。元気《げんき》か？」

監督《かんとく》の声《こえ》は、しわがれてて、のんき。わたしは、どっと力《ちから》がぬけた。

「すみません。ずいぶんずいぶん休《やす》んで……。」

もじもじと謝《あやま》りかけたら、

「どうだ。また投《な》げる気《き》になったか？」

監督《かんとく》、電話《でんわ》の向《む》こうで笑《わら》ったみたい。しわしわの笑顔《えがお》を思《おも》い出《だ》すと、怒《おこ》られるよりもっとたまらない。

わたしはハイッと受話器《じゅわき》にほえた。

「ハイッ。やります。投《な》げます。どんどんいきますッ。」

「そうか。ちょうど良《よ》かったよ。夏合宿《なつがっしゅく》があるんだ。」

監督《かんとく》は、七月末《がつまつ》、茨城《いばらき》のA海岸《エーかいがん》、二泊三日《にはくみっか》とスケジュールを話《はな》した。

「来《こ》られるかい？」

「行《い》きます！」

「つきそいでお母《かあ》さん連中《れんちゅう》も来《く》るんだ。女《おんな》の人《ひと》の部屋《へや》はすいてるから、友達《ともだち》をさそってもいいぞ。ジロのお姉《ねえ》ちゃんなんかどうだ？」

「え？　ユミッペさそっていいんですか？」

監督《かんとく》、大好《だいす》き！　ナイス・アイデア！

ユミッペはOK《オーケー》と言《い》った。エッちゃんも行《い》きたがり、水尾《みずお》さんとモメちゃったよ。カノジョを呼《よ》ぶなんてシメシがつかないから、来《く》るなら〝他人《たにん》〟で通《とお》すって。まったく、あの学級委員的《がっきゅういいんてき》キザ男《おとこ》ったら！

夏合宿《なつがっしゅく》のテーマは、『楽《たの》しくやろう！』。夏《なつ》。海《うみ》。めいっぱい遊《あそ》んで、めいっぱい練習《れんしゅう》しようって——大場監督《おおばかんとく》のすてきなやり方《かた》。

女《おんな》の子《こ》三人《にん》を加《くわ》えて子ども十五人《にん》。大人《おとな》は監督《かんとく》とコーチと父兄《ふけい》が計《けい》六人《にん》。

わたしは、すごく緊張《きんちょう》した。水尾《みずお》さん以下石頭《いかいしあたま》ボーイズと、まともに顔《かお》を合《あ》わせるのがひさしぶりなんだもの。また無視《むし》されるかな？　悪口言《わるくちい》われるかな？

ところが、夏休《なつやす》み気分《きぶん》の男《おとこ》の子《こ》たちは、まったくうかれていた。塩見《しおみ》クンなんか五人《ごにん》前《まえ》さわいでいて、ユミッペのポニーテールをぐいとひっぱる。

「おまえら、臨時《りんじ》マネージャーだって？　洗濯《せんたく》とレモン水作《すいづく》りやるんだって？」

「ノーノー！　あんたらのきちゃない練習着《れんしゅうぎ》なんて洗《あら》わないよっ。あたしたちは、ギャラリーなの。」

ユミッペは腕組《うでぐ》みをしてフフンと笑《わら》った。

「はたらけ。はたらけ。お仕事《しごと》しろ！」

石原《いしはら》クンがケリを入《い》れるポーズをとる。

「いいわよ。やったげる。」

エッちゃんがほんのり笑《わら》うと、悪《わる》ガキコンビはあせってドギマギする。バカだね！

ユミッペたちに感謝《かんしゃ》！　いいムードだもの。仲間《なかま》がいて、自分《じぶん》の居場所《いばしょ》があると思《おも》うと、わたしも男《おとこ》の子《こ》たちに、自然《しぜん》に話《はな》しかけたり笑《わら》ったりできるの。冷《つめ》たい目《め》でにらむ人《ひと》はだれもいない。ずっとこんなふうにいきたい！

グラウンドつきの民宿《みんしゅく》には、お昼《ひる》ごろついた。昼食後《ちゅうしょくご》は、軽《かる》く汗《あせ》を流《なが》し、近所《きんじょ》の少年《しょうねん》野球《やきゅう》チームと練習試合《れんしゅうじあい》。ユニフォームの感触《かんしょく》がなつかしいったら！　筋肉《きんにく》がきゅっとひきしまる気《き》がするな。塩見《しおみ》クンが投《な》げて、わたしはライト。体《からだ》がすいすい動《うご》くのがふしぎな気分《きぶん》。相手《あいて》チームの子《こ》が、わたしを女《おんな》の子《こ》だと気《き》づいてないのがおかしいね。

ユミッペたちは、まったくいいギャラリーとマネージャー。キャアキャアはでな声《こえ》を出《だ》してアリゲーターズを応援《おうえん》するし、試合《しあい》の後《あと》には、相手《あいて》チームにも、レモン水《すい》の大《だい》サービスよ。

その晩《ばん》は、バーベキューと花火大会《はなびたいかい》。エッちゃんは、流行《りゅうこう》のカラフル浴衣《ゆかた》。三《み》つ編《あ》みのお下《さ》げで、お人形《にんぎょう》さんみたいにかわいい。線香花火《せんこうはなび》がよく似合《にあ》う。ユミッペはネズミ花火《はなび》と追《お》っかけっこ。わたしは蛍光緑《けいこうみどり》の流星花火《りゅうせいはなび》をぶんぶんふりまわして、塩見《しおみ》クンと石原《いしはら》クンを攻撃《こうげき》した。二人《ふたり》は大騒《おおさわ》ぎして逃《に》げまわったけど、すきを見《み》て鉄砲花火《てっぽうはなび》で反撃《はんげき》に出《で》る。

「こら！　おまえら、やめなさい！　やけどするよ。こら！」

楽々亭《らくらくてい》のオヤジに怒《おこ》られる。でも、やめない。今度《こんど》は無差別攻撃《むさべつこうげき》。六年生《ねんせい》だって、水尾《みずお》さんだって、やっつけちゃう。

「おまえは！　あぶねえじゃんか！」

水尾《みずお》さんがアーモンド・アイをつりあげるから、ピースサインを出《だ》してやったの。そしたら、しょうがなさそうにニンマリしたな。

今《いま》はお祭《まつ》り気分《きぶん》だから、みんな仲良《なかよ》しで楽《たの》しいのかしら？　そう考《かんが》えると、ちょっぴりブルー。でも、ウジウジしない方針《ほうしん》。もし、みんながわたしのこと本気《ほんき》できらいなら、いくらお祭《まつ》りでも笑《わら》ってくれないはず。ね？　水尾《みずお》さん？　どう？

わたしは、楽々亭《らくらくてい》のオヤジに、花火《はなび》をぜんぶ没収《ぼっしゅう》されて、ごついゲンコをくらった。

次《つぎ》の日《ひ》は、午前中《ごぜんちゅう》に猛練習《もうれんしゅう》、午後《ごご》から、お待《ま》ちかねの海水浴《かいすいよく》。わたしは、白地《しろじ》に青《あお》い水玉《みずたま》のカルピス水着《みずぎ》。ユミッペは、フリフリのついたトロピカル・オレンジ。エッちゃんたら、もう、びっくり。真《ま》っ赤《か》なセパレーツなのよー。後《あと》二年《ねん》したら、少女《しょうじょ》モデルにでもなりそうなエッちゃん。水尾《みずお》さんたら、いくら約束《やくそく》でも、こんなカノジョをほっておいて、マヌケガンコな人《ひと》だね。

スイカ割《わ》り、貝《かい》ひろい競争《きょうそう》、ビーチボールバレーとわいわい騒《さわ》ぐ。わたしは、男《おとこ》の子《こ》たちと遠泳《えんえい》に行《い》った。二キロ以上《いじょう》泳《およ》げる人《ひと》に参加《さんか》資格《しかく》があって、石原《いしはら》クンのお父《とう》さんが先《せん》頭《とう》にたつ。沖《おき》の岩島《いわじま》まで。五百メートルくらいだけど、波《なみ》があるからプールのようなわけにはいかない。わたしは、クロールでぐんぐん泳《およ》いで、水尾《みずお》さん、塩見《しおみ》クンとほとんど同《どう》時《じ》に岩島《いわじま》にたどりついた。

「柳《やなぎ》さん、パワフルだな。野球《やきゅう》なんてやってないで、何《なに》かオリンピックめざせるスポーツでもやったら？」

石原《いしはら》クンのお父《とう》さんがヘンなことを言《い》う。

「野球《やきゅう》だって、オリンピックあるぞ。」

と塩見《しおみ》クンがムスッと言《い》った。

「でも、女《おんな》はだめだよ。」

と石原《いしはら》クン。

「もったいねえじゃん。男《おとこ》なみなのによ。」

水尾《みずお》さんがソッポを向《む》きながらつぶやく。

あら、なんだか風向《かざむ》きがいいじゃないの！　わたしは、ドキドキワクワクする。

「ねえねえ、野球《やきゅう》やっててていいでしょ？」

大声《おおごえ》でさけぶように聞《き》くと、だれも返事《へんじ》をしなくて、しーんとして、波《なみ》が岩《いわ》にぶつかる音《おと》がザザンザブザブと聞《き》こえて、空《そら》だけキラキラの青色《あおいろ》で、わたしは悲《かな》しくて泣《な》きたくなった。でも、次《つぎ》の瞬間《しゅんかん》、はっとした。男《おとこ》の子《こ》たちは、それとなく、少《すこ》しだけ首《くび》をたてにふっていたから。

「どうせヤだって言《い》ったってやるんだろ?」

塩見《しおみ》クンに言《い》われて、

「そうだよ。」

と答《こた》える。みんな、低《ひく》い声《こえ》でへへへと笑《わら》いだした。いやな笑《わら》い声《ごえ》。でも、いい笑《わら》い声《ごえ》!

帰《かえ》りの泳《およ》ぎは、疲《つか》れてたけど、バリバリに力《ちから》がはいって、もう死《し》んでもいいと思《おも》ってがんばっちゃった。二位《い》よ。すごいでしょ?

最後《さいご》の夜《よる》は、恒例《こうれい》のきもだめし大会《たいかい》。民宿《みんしゅく》の裏《うら》のお寺《てら》の墓地《ぼち》めぐりなの。わたしは、すっかりハイになってて、本物《ほんもの》のお化《ば》けに会《あ》っても、「こんばんはっ」て、さけんで抱《だ》きしめてしまいそう。

クジで相棒《あいぼう》を決《き》めて二人一組《ふたりひとくみ》で行《い》く。なんと、エッちゃんが水尾《みずお》さんと当《あ》たって大騒《おおさわ》ぎ。あのマヌケガンコが、だれか相手《あいて》を変《か》えてくれと言《い》ったから、ついにエッちゃんが泣《な》いちゃったんだよ。

「天《てん》の声《こえ》だから、二人《ふたり》で行《い》っといで！」

大場監督《おおばかんとく》が、キャプテンとその彼女《かのじょ》の背中《せなか》をバンバンたたいて送《おく》り出《だ》した。

ところで、わたしと塩見《しおみ》コンビも天《てん》の声《こえ》？

すでに夏《なつ》の夜《よる》は、タールのようにねっとり黒《くろ》くてこい。民宿《みんしゅく》の裏手《うらて》の細《ほそ》い坂《さか》をのぼり石《いし》の階段《かいだん》をさらにのぼって、お寺《てら》の山門《さんもん》をくぐる。せまい境内《けいだい》には、お線香《せんこう》のにおいが、ふわふわただよっていた。

ここが『墓地《ぼち》めぐり青《あお》ざめコース』の入《い》り口《ぐち》だ。裏山《うらやま》の墓地《ぼち》の中《なか》に二つ、てっぺんの三《さん》本杉《ぼんすぎ》の前《まえ》に一つ箱《はこ》があり、それぞれ中《なか》からゴムボールを取《と》って帰《かえ》る――というと簡単《かんたん》そうだけど、途中《とちゅう》にはどろんとお化《ば》けがいるのよ！

「力《ちから》いっぱい暗《くら》いなあ。」

わたしは塩見《しおみ》クンの手元《てもと》の懐中電灯《かいちゅうでんとう》の光《ひかり》をたよりない感《かん》じでながめた。

「ほー、おまえ、こわいのかよ？」

塩見《しおみ》クンはそう言《い》いながら、山道《やまみち》のはしで細《ほそ》い木《き》の枝《えだ》を物色《ぶっしょく》している。

「出《で》たら、これでビシバシなぐっちゃる。」

「ひえっ。だって、コーチや石原《いしはら》クンのお父《とう》さんやユミッペのお母《かあ》さんでしょ？」

「おまえね、お化《ば》けのフリをした楽々亭《らくらくてい》のオヤジのフリをしたホンモノのお化《ば》けだったらどうする？」

塩見《しおみ》クンは、そう言《い》いながら、枝《えだ》を二本選《ほんえら》んで一本《ぽん》をわたしにくれた。

こんなふうに、塩見《しおみ》クンとしゃべったり遊《あそ》んだりするのは、すごくひさしぶりだ。見《み》なれた広《ひろ》い肩《かた》もスポーツ刈《が》りの頭《あたま》も、妙《みょう》になつかしい。ヘンな気分《きぶん》。暗闇《くらやみ》のせいかな？

こいつとは、うーんっと親《した》しい友《とも》だちでいたいと、つくづく思《おも》うよ。


墓地《ぼち》に入《はい》ると、しめったぬるい風《かぜ》がほやほや首《くび》すじをなでる。わたし、お化《ば》け関係《かんけい》は平《へい》気《き》なほうだけど、もしニセモノにまじってホンモノがいたらヤだな……。山《やま》の上《うえ》のほうで、しえぇーっという金《かな》きり声《ごえ》はエッちゃんね。うへえ。ムード満点《まんてん》！

ゲームじゃ、宝《たから》の前《まえ》に強《つよ》い怪物《かいぶつ》がいるけど、ボールの箱《はこ》の前《まえ》には、古典的《こてんてき》な白《しろ》シーツのお化《ば》け！　塩見《しおみ》クンが懐中電灯《かいちゅうでんとう》でライトアップ。うはっと悲鳴《ひめい》をあげたのは彼《かれ》。なぐりかかったのは、わたし。

「まいった、まいった、降参《こうさん》！　チャーシューメン一杯《ぱい》三五〇円《えん》！」

なーんだ、やっぱし、楽々亭《らくらくてい》じゃん。塩見《しおみ》クンは十歩《ぽ》くらい先《さき》をざくざく走《はし》ってた。

「ちょっとオ、ボール取《と》ったの？」

「まだ！」

わたしは、箱《はこ》からカラーボールを取《と》って、塩見《しおみ》クンの後《あと》を追《お》う。

「おい、塩見《しおみ》サン、こわいんでしょ？」

「急《いそ》いでンだよ。ヤブ蚊《か》がヤなんだよ。」

小走《こばし》りの塩見《しおみ》クン。次《つぎ》のお化《ば》けの前《まえ》では相手《あいて》をまちがえて、わたしに飛《と》びかかった。

「ちがうう！　お化《ば》けはあっち！」

髪《かみ》の毛《け》お化《ば》け――長《なが》い長《なが》い黒髪《くろかみ》にうもれて顔《かお》がなくて、手首《てくび》が真《ま》っ赤《か》っかで、血《ち》？

わたしは、次《つぎ》のボールをわしづかみにすると、塩見《しおみ》クンを引《ひ》きずって走《はし》りだした。こわい！　たしかにこわい。でも、連《つ》れに先《さき》をこされて、わたしは、こわがるひまがない。全《ぜん》力疾走《りょくしっそう》。ようやく墓地《ぼち》をぬけて、小山《こやま》の頂上《ちょうじょう》に向《む》かうと、心臓《しんぞう》がダクダク鳴《な》っていた。

「お墓《はか》がないから、もうだいじょうぶよ。」

「あまい！　ここのが、真《ま》っ暗《くら》けで、木《き》ばっかで、ヤじゃないかよ。」

「知《し》らなかったなあ。塩見《しおみ》クン、お化《ば》けこわいなんてさ。」

「だれもこわかないよ。」

「へー。じゃ、手《て》、はなしていい？」

わたしは塩見《しおみ》クンの腕《うで》から手《て》をはずす。

「……おまえ、さわったな？」

「なによッ！　人《ひと》をチカンのように。」

君《きみ》がビビるから引《ひ》っぱってやったのよ。

また一つお化《ば》けをやりすごして、三本杉《さんぼんすぎ》から下《くだ》り道《みち》。コースと反対側《はんたいがわ》の草《くさ》むらに、何《なに》か黒《くろ》いかげが動《うご》いた。わたしはぎょっとした。なんだかヤバッぽいかげ。立《た》ち止《ど》まって、および腰《ごし》、こわいもの見《み》たさで、闇《やみ》にぐっと目《め》をこらした。人間《にんげん》？　クスノキに寄《よ》りかかって並《なら》んですわっている二人《ふたり》の子《こ》ども。

「なんだ。エッちゃんたち。」

わたしは塩見《しおみ》クンにささやいた。彼《かれ》もこわごわ暗闇《くらやみ》をのぞきこむ。

エッちゃんと水尾《みずお》さんは、手《て》もつながず、ごく近《ちか》くにだまってすわっていた。暗闇《くらやみ》もお化《ば》けもヤブ蚊《か》もへっちゃらのよう。エッちゃんの隣《となり》は、ユミッぺでもわたしでも塩見《しおみ》クンでもダメ。水尾《みずお》さんの指定席《していせき》。クスノキのまわりに妖精《ようせい》の輪《わ》。好《す》き同士《どうし》の二人《ふたり》きりのせまい輪《わ》の中《なか》。わたしはドキドキしちゃったよ。ああ、なんか、ふしぎよ。ふしぎだね！

「水尾《みずお》さん、スケベっちいな。俺《おれ》、ああいうのわっかんねえ。」

街灯《がいとう》のある道《みち》に出《で》ると、塩見《しおみ》クンが言《い》う。蚊《か》に食《く》われたスネをぽりぽりかく。

「そうかな？　わたし、いいって思《おも》うよ。」

塩見《しおみ》クンは、初《はじ》めて見《み》る人《ひと》のようにマジマジとわたしをながめる。

「……おまえが？　おまえがア？」

二度《ど》も言《い》うなって！

「いつかね。どこかでね。遠《とお》い未来《みらい》にね。」

「おまえがア？」

三度《ど》も言《い》ったな。おぼえとけよ、塩見守《しおみまもる》。

わたしは、ママみたいなイイ女《おんな》になるんだから！　ハンサム・ガールになるんだから！　遠《とお》い未来《みらい》に、わたしにデートを申《もう》しこんでも拒否《きょひ》ってやるぞ。塩見守《しおみまもる》！

8

八月《がつ》。ママは夏《なつ》バテとウツ病《びょう》にかかった。東京《とうきょう》での仕事《しごと》は、ママの好《す》きな外《そと》まわりの営業《えいぎょう》ではなく〝デスクワーク〟。ワープロを打《う》ったり、パソコンで計算《けいさん》したり、書類《しょるい》の整《せい》理《り》をしたりする仕事《しごと》だって。

「ラクよ。肩《かた》がこるだけ。」

ママの声《こえ》は力《ちから》がない。いつも六時前《じまえ》に帰《かえ》ってきて、居間《いま》のソファーで〝死体《したい》〟になる。ヒマだとママはつかれるらしい。忙《いそが》しい時《とき》の三倍《ばい》はつかれるって。隣《となり》の席《せき》のオジサンにいやがられて煙草《たばこ》をやめたママは、ミント味《あじ》の禁煙《きんえん》パイポをくわえ、転職《てんしょく》マガジンをこっそり自分《じぶん》の部屋《へや》で読《よ》んでる。雑誌《ざっし》はかくしているけど、パパもわたしたちも知《し》っているんだ。

「ママ、お仕事変《しごとか》わるのかなあ?」

ママがお風呂《ふろ》にはいっている時《とき》、わたしはパパに聞《き》いてみた。

「うーん。そのほうが、いいかもなア。」

パパは自信《じしん》なさそうに小声《こごえ》で答《こた》える。ママのウツ病《びょう》がうつって、ひどく元気《げんき》がない。

「むずかしいんじゃない？　ぜったい、条件《じょうけん》が悪《わる》くなるもの。」

おネエが聞《き》きつけて口《くち》をはさんだ。

「条件《じょうけん》って、なに？」

わたしは聞《き》いた。

「仕事《しごと》の内容《ないよう》とかもあるけど、まずお給料《きゅうりょう》。」

おネエは答《こた》えて、肩《かた》をすくめた。

「ママは、一人《ひとり》で、パパとあたしと二葉《ふたば》を養《やしな》ってるんだから大変《たいへん》なの。あたし、大学《だいがく》に行《い》けるのかな。高校《こうこう》出《で》たらお勤《つと》めしなきゃいけないかもなあ。」

「だいじょうぶだよ。」

パパは元気《げんき》なくノロノロとしゃべる。

「ママとパパでなんとかするよ。アッコちゃんはお金《かね》の心配《しんぱい》をしすぎるよ。」

「ママが、なんとかするんでしょ？」

おネエはいつもそうやって、パパをいじめるんだ。パパは何《なに》も言《い》い返《かえ》さない。とてもまじめでこわい顔《かお》つきになって、自分《じぶん》の部屋《へや》にすたすた歩《ある》いていった。

それから数日後《すうじつご》、パパは、夕食《ゆうしょく》の席《せき》できっぱりと宣言《せんげん》した。

「来年《らいねん》の夏《なつ》、僕《ぼく》は保母試験《ほぼしけん》を受《う》けるぞ！」

食卓《しょくたく》の上《うえ》に、試験《しけん》のための、ぶあついテキスト、やたら漢字《かんじ》の多《おお》い書類《しょるい》を並《なら》べる。

「三年《ねん》のうちに、八科目《かもく》を六十点以上《てんいじょう》取《と》れば合格《ごうかく》だ。一年《ねん》じゃむずかしいかもしれないが、二年計画《ねんけいかく》で保父《ほふ》の資格《しかく》を取《と》りたい。」

「よしてよ。」

ママは気《き》を悪《わる》くした。

「いやみね。わたしは仕事《しごと》をやめないわよ。」

「君《きみ》が仕事《しごと》を好《す》きならやめる必要《ひつよう》はないさ。でも、イヤなのに家族《かぞく》のために無理《むり》してるなら、僕《ぼく》だってのんびり家《いえ》でオジサンしてるわけにはいかないさ。」

パパの言葉《ことば》にママはため息《いき》ついた。

「専門教育《せんもんきょういく》も受《う》けてないのに、そう簡単《かんたん》に資格《しかく》なんか取《と》れないわよ。それに資格《しかく》があっても、四十過《す》ぎの男《おとこ》に就職口《しゅうしょくぐち》があると思《おも》う？」

「公営《こうえい》の施設《しせつ》なんかはむずかしいだろうね。でも、民間《みんかん》の託児所《たくじしょ》ならきっと仕事《しごと》はあるし、ベビーシッターの仕事《しごと》をもっと手広《てびろ》くやってもいいんだ。」

パパはママの顔《かお》をじっと見《み》つめた。

「僕《ぼく》たちは、おたがい自分《じぶん》の得意《とくい》なこと好《す》きなことをそれぞれやってきたんじゃない？」

「ええ、そうよ。わたしは、別《べつ》に仕事《しごと》をきらいになったわけじゃないわよ。」

「でも、とてもつらそうだ……。」

パパの声《こえ》が優《やさ》しかったので、わたしは胸《むね》がシュンとした。わたしもママのことを気《き》にしていたけど、パパは十倍《ばい》も百倍《ばい》も心配《しんぱい》してたんだ。なのに、ママはブスッとして言《い》うの。

「仕事《しごと》がつらいのは、あたりまえよ。あなただって、今《いま》のアルバイトなら赤《あか》ちゃんの世話《せわ》もおもしろいだろうけど、仕事《しごと》になったら、きっときらいになるわ。」

「ずいぶん、みくびってくれるね。」

パパは、丸《まる》メガネがにあわなくなるほど、きびしいまじめな顔《かお》をして腕組《うでぐ》みをした。

「色々考《いろいろかんが》えたんだよ。僕《ぼく》のとりえは体力《たいりょく》と子《こ》どもの世話《せわ》さ。でも、体力《たいりょく》をウリに日給《にっきゅう》の道路工事《どうろこうじ》をやったところで、君《きみ》は安心《あんしん》して転職《てんしょく》できないだろう？　子《こ》どもたちも不安《ふあん》だろう？」

パパとママの話《はなし》はむずかしかった。わかったのは、パパが家族《かぞく》のためにとても大変《たいへん》なことにチャレンジしようとしているってこと。

「ねえ、ママ、なんで反対《はんたい》するの？　パパはバリバリやる気《き》を出《だ》してるってのに！」

わたしは思《おも》わず口《くち》をはさんだ。ママとパパのこわい顔《かお》がちょっとくずれた。

「そうだ。二葉《ふたば》の言《い》うとおりだぞ。僕《ぼく》はやる気《き》を出《だ》してるんだ。もう決《き》めたんだからな。」

パパはきっぱりと言《い》い切《き》る。

「あさってから留守《るす》にするよ。保育所《ほいくしょ》で働《はたら》いてる友達《ともだち》がいるから、ボランティアを兼《か》ねて勉強《べんきょう》してくる。二週間《しゅうかん》だ。よろしく。」

へ？　とおネエがまのぬけた声《こえ》を出《だ》した。

「じゃ、誰《だれ》が食事《しょくじ》を作《つく》るのよ？」

「誰《だれ》でも。」

パパはあっさり答《こた》えた。

「いるじゃないか。女《おんな》の人《ひと》が三人《にん》も。二人《ふたり》は夏休《なつやす》みで、一人《ひとり》はわりかしヒマな会社員《かいしゃいん》で。」

「悪《わる》かったわね。窓《まど》ぎわで。」

ママは三日月《みかづき》まゆげをキッとつりあげる。

「そう。事実《じじつ》はきちんと見《み》つめないと……。」

パパは落《お》ちついて言《い》った。

「子《こ》どもたちの親《おや》は、僕《ぼく》ら二人《ふたり》しかいないんだから、どっちかが具合《ぐあい》が悪《わる》くなったとき、ちゃんとカバーできないとな。僕《ぼく》は家事《かじ》だけじゃなく、君《きみ》は仕事《しごと》だけじゃなく……。」

「ああ、そう。ずいぶんえらそうね。一人《ひとり》で勝手《かって》なこと考《かんが》えて勝手《かって》な予定《よてい》たてて。いいめいわく。もう帰《かえ》ってこなくていいわよ。」

ママは早口《はやくち》に言《い》うとにらみをきかせた。

パパは丸《まる》メガネをはずして目《め》を閉《と》じた。

物事《ものごと》が悪《わる》くなってるのか、良《よ》くなってるのか、わたしにはさっぱりわからなかった。


土曜日《どようび》の朝《あさ》、パパは荷物《にもつ》を持《も》って出《で》かけた。

「どうする？　オール外食《がいしょく》ってわけにはいかないよね。」

実際的《じっさいてき》なおネエが言《い》った。

「わたしがやるわよ。」

ママの声《こえ》、ふきげん百パーセント。

「りっぱな生活《せいかつ》をしようじゃないの。パパなんかいなくても平気《へいき》だって証明《しょうめい》するわ。」

みんなで、家事《かじ》の受《う》け持《も》ちを決《き》めた。基本的《きほんてき》に、掃除《そうじ》とゴミ出《だ》しはわたし。洗濯《せんたく》はわたしとおネエ。料理《りょうり》はおネエとママ。だれかがピンチにおちいったら助《たす》けること。

その日《ひ》、わたしはアリゲーターズの練習《れんしゅう》に行《い》く前《まえ》に掃除《そうじ》をすませ、夕方《ゆうがた》、おネエはブーブーうなりながら、わたしのきたない練習着《れんしゅうぎ》を洗濯機《せんたくき》にほうりこむ。ピンチ第一号《だいいちごう》はママだった。台所方面《だいどころほうめん》でSOS《エスオーエス》があがったので、わたしはシャワーの後《あと》のヌードで、おネエは洗濯《せんたく》ばさみとビキニパンティを持《も》ったまま、せまい家《いえ》の中《なか》を走《はし》った。

「本《ほん》が本《ほん》が燃《も》えてるウ！」

ママは叫《さけ》んだ。片手《かたて》に水《みず》を張《は》ったボール、片手《かたて》に包丁《ほうちょう》を持《も》って、オルゴール人形《にんぎょう》のようにその場《ば》でくるくるまわっている。オレンジの炎《ほのお》は調理台《ちょうりだい》のはし。開《ひら》いて置《お》いた料理《りょうり》の本《ほん》のページのすみにガス台《だい》の火《ひ》がうつってめらめらと燃《も》えているのだ。おネエがさけんだ。

「水《みず》をかけて！　ママ！」

「ええ。ええ。かけるわ。今《いま》かけるわっ。」

ママはボールの水《みず》をドチャーとぶちまけた。炎《ほのお》はめげなかった。わたしは、流《なが》しの洗《あら》い桶《おけ》をつかんで、中《なか》の水《みず》をぶっかけた。キンカラドンガシャピンとはでな音《おと》がした。火《ひ》は消《き》えた。でも、洗《あら》い桶《おけ》の中《なか》のコップとお皿《さら》はこなごなになって、あたりに飛《と》びちった。

「二葉《ふたば》ア！　乱暴《らんぼう》ね！　消火器《しょうかき》を使《つか》ってよ。」

おネエがパンティをにぎりしめて言《い》う。

「水《みず》をかけろって言《い》ったのはおネエじゃん。」

「どうしよう？　本《ほん》がイカれちゃった！　わたし、あれがないとお料理《りょうり》できないわ！」

ママは包丁《ほうちょう》をタクトのようにふった。

「何《なに》を作《つく》るつもりだったの？」

おネエが聞《き》くと、ママはカレーと答《こた》えた。

「あら、そんなの、野菜《やさい》を切《き》って、ルーとカレー粉《こ》を入《い》れて煮《に》ればいいんでしょ？」

おネエは言《い》う。ママはたずねた。

「お肉《にく》はどうするの？　何《なに》で焼《や》くの？」

「……ネエ、ママ、お料理《りょうり》したことあるの？」

おネエの質問《しつもん》に、ママはうなった。

「むかし、むかし、そのむかし……。」

「二葉《ふたば》ッ、あんた、早《はや》く服着《ふくき》て、洗濯物干《せんたくものほ》してよ。あたしがママを手伝《てつだ》うから。」

実際的《じっさいてき》なおネエはいらいらして言《い》った。


わたしはおもしろいから、台所《だいどころ》の入《い》り口《ぐち》に体育《たいいく》ずわりをして見物《けんぶつ》したの。おネエは口《くち》ほどもなく、ジャガイモの皮《かわ》むきで指《ゆび》を切《き》る。フライパンで肉《にく》をこがす。油《あぶら》がはねると、自分《じぶん》もはねてママの足《あし》をふんづける。ママはニンジンの皮《かわ》をはてしなくそぎつづけた。

「なんで皮《かわ》と中身《なかみ》が同《おな》じ色《いろ》なのよ。むけてるのかむけてないのかわからないじゃないの。」

ニンジンはマジックペンサイズにやせた。

あきれたことに、二人《ふたり》とも台所《だいどころ》は火星《かせい》のように不案内《ふあんない》なんだ。調味料《ちょうみりょう》、鍋《なべ》、ザル、お玉《たま》などのありかをまるで知《し》らない。

「大《おお》きなお鍋《なべ》はお米《こめ》びつの奥《おく》だよ。パパはインスタントのルーを使《つか》わないよ。タマネギと小麦粉《こむぎこ》で作《つく》るよ。カレー粉《こ》は棚《たな》の二段目《だんめ》。」

わたしが教《おし》えてやる。パパといる時間《じかん》が一番長《いちばんなが》いから、一番台所《いちばんだいどころ》にくわしいんだ。

ママは、タマネギを巨大《きょだい》なみじん切《ぎ》りにして、小麦粉《こむぎこ》といっしょに鍋《なべ》にぶちこみ、泡立《あわだ》て器《き》でゴリゴリかきまぜた。バターを入《い》れるのを忘《わす》れてる。

「ヤなにおいねえ。」

おネエがのぞきこんだ。

「インスタントのルーを買《か》ってこようか？」

練習《れんしゅう》でゼロにしたわたしのおなかは、どんどんマイナス値《ち》が増《ふ》えてゴーゴー鳴《な》った。

「どうせ買《か》うなら、お湯《ゆ》につけて三分《ぷん》ってやつにしない？」

ママは娘二人《むすめふたり》の言《い》うことを聞《き》かなかった。

「何《なに》かはできるはずよッ」

たしかにできた。ただし、味《あじ》は……！

「カライ。」とわたし。

「うすい。」とおネエ。

「まじい。」とママ。

カレー粉《こ》と塩《しお》の味《あじ》しかなくて、やたら水《みず》っぽくて、野菜《やさい》は生《なま》っぽいの。ジャガイモなんてシャリシャリして、まるでリンゴ！

「二葉《ふたば》が悪《わる》いのよ。早《はや》く早《はや》くってせかすからさ。もっと煮《に》ないといけないのよ。」

おネエがむくれて、責任《せきにん》をなすりつける。

ウルトラ腹《はら》ペコのわたしだけが、その生煮《なまに》えカレーを食《た》べた。ママは残《のこ》りのカレーをもう一度《いちど》火《ひ》にかけ、自分《じぶん》の夕食用《ゆうしょくよう》にジャムトーストを作《つく》る。おネエはカップ焼《や》きそば。わたしが水《みず》を飲《の》みに台所《だいどころ》へ行《い》くと、すごいにおいがたちこめていた。コゲコゲのにおい。ママったら、強火全開《つよびぜんかい》でカレーを温《あたた》めてるのよ！　うひゃあ。わたしはあわててガスを消《け》したけど大鍋《おおなべ》の中身《なかみ》はすでにチョコレート色《いろ》をしていた。ブタでも食《た》べないよ、あれは！

日曜日《にちようび》は、おネエがデートに逃《に》げ出《だ》したので、わたしとママは夕食《ゆうしょく》にホットケーキをこさえたの。これは、ホットケーキミックスの箱《はこ》の裏《うら》の説明《せつめい》を読《よ》むと、なんとか無事《ぶじ》に作《つく》れたな。形《かたち》は丸《まる》じゃなくてアメーバー。そこいら中《じゅう》べたべたよごしちゃったけどね。

いつもいつもいるはずのパパの姿《すがた》がなくて不思議《ふしぎ》。なんだか大事《だいじ》なものが欠《か》けてるようでじわりと不安《ふあん》。でも、その不思議《ふしぎ》や不安《ふあん》を帳消《ちょうけ》しにするほど、わたしはすごくハッピーだった。エプロン姿《すがた》のママ。いっしょに台所《だいどころ》でホットケーキを焼《や》くなんて、夢《ゆめ》みたい。こういうシーンにずっとあこがれていたの。だから、パパから電話《でんわ》があった時《とき》に、「ばっちりうまくいってるよ」って話《はな》したの。ミエでもウソでもなくて、ほんとにそう思《おも》ったの。

ママは電話《でんわ》に出《で》なかった。

『男《おとこ》の料理《りょうり》アナタにもできる簡単《かんたん》メニュー五〇』――ママは月曜日《げつようび》に本屋《ほんや》で仕入《しい》れてくると、それから毎日《まいにち》、会社《かいしゃ》の帰《かえ》りにスーパーで買《か》い物《もの》をし、簡単《かんたん》メニューをせっせと作《つく》った。ハンバーグ、フライドチキン、肉《にく》じゃがに焼《や》き魚《ざかな》、豆腐《とうふ》ステーキにツナサラダ、etc《エトセトラ》。ママはがんばった。おネエにもわたしにも手出《てだ》しをゆるさず、両手《りょうて》に火傷《やけど》、切《き》り傷《きず》を作《つく》って奮闘《ふんとう》した。おいしいものが一《ひと》つもできなかったからといって文句《もんく》は言《い》えない。わたしもおネエも残《のこ》さないように必死《ひっし》で食《た》べたよ。

「あーあ、わたしって才能《さいのう》ないなあ。」

ママは、うどんのようなナポリタンをぐにぐにかみしめて、ため息《いき》をついた。

「まだ一週間《しゅうかん》じゃん。パパなんか二十年選手《ねんせんしゅ》だもん。」

わたしは、なぐさめた。

「くやしい！」

ママって、ほんと負《ま》けずぎらい。

「お料理《りょうり》なんてやらないだけで、できないとは思《おも》ってなかった。家《いえ》の中《なか》も汚《きたな》いし、家《か》事《じ》ってむずかしいわ。」

そうなのだ。わたしはちゃんとクリーナーをかけているのに、マンションの六〇六号室《ごうしつ》はゴタゴタして妙《みょう》に汚《きたな》いのだ。パパは何《なに》をどうやって家《いえ》をきちんとしてるんだろう？

パパは偉大《いだい》だ！　わたしもシラナカッタ！

二週間《しゅうかん》が終《お》わりに近《ちか》づくと、わたしたち三人《にん》は、たいがいグロッキーになっていた。わたしは掃除《そうじ》に、おネエは洗濯《せんたく》にあきあきしていた。宿題《しゅくだい》もたまっていた。ママだけがまだ燃《も》えている。いつのまにか禁煙《きんえん》をやめ、セーラムをくわえて、ケムを吹《ふ》き吹《ふ》き、まずい料理《りょうり》を作《つく》りつづける。

土曜日《どようび》の夜《よる》、パパのなつかしい丸《まる》メガネが玄関《げんかん》に現《あらわ》れた時《とき》、ママはにくまれ口《ぐち》をきいた。

「あら、もう帰《かえ》ってきたの？　早《はや》すぎる。」

煙草《たばこ》の煙《けむり》をふきかけられたパパは笑《わら》った。

「元気《げんき》そうだな。夏《なつ》バテはなおった？」

わたしとおネエは顔《かお》を見合《みあ》わせた。そういえば、ママは夏《なつ》バテのウツ病《びょう》だったんだな。

そんなものは、コゲたカレーの煙《けむり》といっしょにどこかにふっとんでしまったよ。

「あなたも元気《げんき》そうね。良《よ》かったわ。」

ママはパパの顔《かお》を見《み》てゆっくりと言《い》った。パパは腕《うで》をのばしてママの肩《かた》をだいた。

「こんなに長《なが》く留守《るす》にしたのは初《はじ》めてだよ。やっぱりウチはいいいな。だいぶ、うすらきたないけどな。だれが掃除《そうじ》してたの？　二葉《ふたば》？　おまえ、ぞうきんがけしたか？　なんで玄《げん》関《かん》にバスタオルがつんであるんだ？　ママもぬいだハイヒールを一個《こ》くらいしまったら？」

「もう二週間《しゅうかん》いなくてもいいわ。」

ママはパパの背中《せなか》をぴしゃりとたたいた。

9

夏休《なつやす》み中《ちゅう》のアリゲーターズは、いつもの週末《しゅうまつ》のほか、早朝練習《そうちょうれんしゅう》があった。七時《じ》から九時《じ》の二時間《じかん》。朝《あさ》といえどもメチャ暑《あつ》い中《なか》、七十歳《さい》の大場監督《おおばかんとく》は、鬼《おに》のような体力《たいりょく》で毎日《まいにち》の練習《れんしゅう》に出《で》てくる。休《やす》みの間《あいだ》はコーチが増《ふ》えて、石原《いしはら》クンのお父《とう》さん、監督《かんとく》のおいの弘《ひろし》さん、チームのOB《オービー》の高校生《こうこうせい》の高田《たかだ》さん、西《にし》さんなどが助人《すけっと》に来《き》てくれた。

「どこかにヒマな男《おとこ》はいないかなア？」

楽々亭《らくらくてい》のオヤジはこぼす。

「休《やす》みが終《お》わっても監督《かんとく》は朝練《あされん》を続《つづ》けたいっていうけどさ、高校生《こうこうせい》は来《こ》れないし、コーチが圧倒的《あっとうてき》に足《た》りないんだよ。」

コーチが足《た》りないというのは、楽々亭《らくらくてい》の口癖《くちぐせ》だから、わたしはぼうっと聞《き》いていた。

塩見守《しおみまもる》がミョーな目《め》つきで、わたしの顔《かお》を見《み》ているのも、なんのことかわからなかった。

「夏休《なつやす》みのチームの練習《れんしゅう》、皆勤賞《かいきんしょう》は、わたしと塩見《しおみ》クンと水尾《みずお》さんの三人《にん》だけだよ。」

「そう？　根性《こんじょう》だな。でも、おまえ、パパが留守《るす》の間《あいだ》、ジョギングはサボリだな？」

「だって、掃除機《そうじき》かけてたんだもん。見張《みは》ってないとママが火事《かじ》を出《だ》すかもしれないし。」

まだまだ暑《あつ》い夕方《ゆうがた》、わたしとパパは五キロのランニングをする。野球《やきゅう》の朝練《あされん》のせいで、いつもの習慣《しゅうかん》が朝《あさ》から夕方《ゆうがた》に変《か》わった。走《はし》りながらのパパとの会話《かいわ》が好《す》き。

「ね、保育園《ほいくえん》はベビーシッターより大変《たいへん》？」

「そりゃあね。子《こ》どもの数《かず》が多《おお》いから。でも、楽《たの》しかったなア。もっと早《はや》く仕事《しごと》につくことを考《かんが》えればよかったな。」

「保父《ほふ》さん？」

「そう。僕《ぼく》は絵《え》を描《か》いたり、お話《はなし》を作《つく》ったり、歌《うた》をうたったり、ちょっとした大工仕事《だいくしごと》や手芸《しゅげい》をしたり、運動《うんどう》を教《おし》えたりするのが、とても好《す》きなんだ。」

パパはうきうきと歌《うた》うように言《い》う。

「小《ちい》さい子《こ》の服《ふく》を着《き》がえさせたり、おもらしの始末《しまつ》をしてやったり、ひっかきっこをやめさせるのも好《す》きなんだ。」

「でも、勉強《べんきょう》はむずかしそうだね。」

「がんばるよ。」

パパは十カ月《げつ》の通信講座《つうしんこうざ》を受《う》けることにした。図書館《としょかん》からおっそろしい本《ほん》も借《か》りてる。『国民《こくみん》の福祉《ふくし》の動向《どうこう》』『調理《ちょうり》のための食品成分表《しょくひんせいぶんひょう》』『児童心理学講座《じどうしんりがくこうざ》』――わたしはタイトルも読《よ》めない。小《ちい》さい子《こ》の世話《せわ》をするのにこんなわけのわからない勉強《べんきょう》が必要《ひつよう》だなんて信《しん》じられないね。でも、パパはがんばって机《つくえ》に向《む》かっているし、シッターのバイトも増《ふ》やしたんだ。勉強《べんきょう》、勉強《べんきょう》って！　すごいね。


九月《がつ》にはいって五日目《いつかめ》のジョギング中《ちゅう》。

「おーい、ヤナギー！」

聞《き》きなれたガラガラ声《ごえ》がひびいた。わたしは声《こえ》のした方向《ほうこう》に目《め》をやる。A川《エーがわ》の河原《かわら》に、大場監督《おおばかんとく》の姿《すがた》が見《み》えた。わたしたちは、監督《かんとく》と話《はな》をするために歩道《ほどう》からコースをそれた。

「毎日走《まいにちはし》ってるのか？　なるほどなあ。柳《やなぎ》は体力《たいりょく》があるわけだな。」

監督《かんとく》は感心《かんしん》したように言《い》った。

「いつも、二葉《ふたば》がお世話《せわ》になってます。」

「ああ、どうも、こちらこそ。」

パパと監督《かんとく》のオトナのあいさつ。そして、監督《かんとく》はギョッとするようなことを聞《き》いた。

「お父《とう》さん、今日《きょう》はお休《やす》みですか？」

そうだ。今日《きょう》は平日《へいじつ》。午後《ごご》五時前《じまえ》に、フツーのサラリーマンは娘《むすめ》とジョギングをしない。

「僕《ぼく》は家事《かじ》をやってますから。勤《つと》め人《にん》じゃないですよ。」

パパは悪《わる》びれずに答《こた》えた。

「ああ、ご商売《しょうばい》ですか。」

監督《かんとく》はうなずいた。わたしは、よけいなことを口走《くちばし》らないように、パパをひじでこづこうとした。でも、その前《まえ》にパパはしゃべる。

「いえ。ウチは女房《にょうぼう》が外《そと》で働《はたら》いていて、僕《ぼく》が家《いえ》の仕事《しごと》をやってるんです。二葉《ふたば》もこの子《こ》の姉《あね》もゼロ歳児《さいじ》から僕《ぼく》が育《そだ》てたんですよ。」

ほとんど得意《とくい》げな口調《くちょう》だった。うひゃあ。まったく、パパは、子《こ》どもの世間体《せけんてい》というものをあっさり無視《むし》してくれるんだから！　監督《かんとく》はホウとうなってたまげた顔《かお》をした。当《とう》然《ぜん》だね。わたしは、走《はし》ったせいだけじゃなくて、汗《あせ》がタラタラ首《くび》や背中《せなか》を流《なが》れたよ。いやだなあ。アリゲーターズの人《ひと》たちには、ぜったいに知《し》られたくなかったのに。塩見《しおみ》クンにも口止《くちど》めしたのに。あーあ。

「あのう、二葉《ふたば》クンに野球《やきゅう》を教《おし》えられたのはお父《とう》さんでしたな?」

監督《かんとく》は何《なに》か考《かんが》えこむようにたずねた。パパがうなずくと、監督《かんとく》は勢《いきお》いこんで言《い》った。

「あのう、もし、よろしければ、おヒマな時《とき》だけでも、ウチのチームを手伝《てつだ》っていただけませんかね? コーチが足《た》りなくて困《こま》っているんですよ。野球《やきゅう》を知っていて、時間《じかん》のある男《おとこ》の人《ひと》がなかなかいなくてねえ。」

わたしは日射病《にっしゃびょう》のように目《め》の前《まえ》が黒《くろ》くなった。

コーチ? パパが?

塩見守《しおみまもる》のミョーな目《め》つき――楽々亭《らくらくてい》がコーチがいないとなげいていた時《とき》のあの目《め》を思《おも》いだす。そうだ。今初《いまはじ》めてピンときた。塩見《しおみ》クンもパパがコーチをやれると思《おも》っていたんだ!

「パパはいそがしいよっ。」

わたしは気《き》がつくとさけんでいた。

「むずかしい試験《しけん》を受《う》ける勉強《べんきょう》をしてるし、ベビーシッターのバイトもあるし。」

「試験《しけん》?」

「保母試験《ほぼしけん》です。」

パパは監督《かんとく》に答《こた》え、監督《かんとく》はまたたまげた。あーあ。やっぱり、ウチの家族《かぞく》はメチャメチャ変《へん》だ！　特《とく》にパパは、銀河系外宇宙人《ぎんがけいがいうちゅうじん》！　宇宙人《うちゅうじん》パパは、ちょっとわくわくしたような驚《おどろ》いたような目《め》でわたしをふりむくの。コーチをやりたがってる？　とにかくメイワクという顔《かお》ではぜんぜんないぞ！

「監督《かんとく》、すみません。失礼《しつれい》します！」

わたしはパパの腕《うで》をひっぱって走《はし》りだした。

「おい、二葉《ふたば》。まだ話《はなし》のとちゅうじゃないか。失礼《しつれい》だよ。こら。」

宇宙人《うちゅうじん》のぶんざいで文句《もんく》を言《い》うな。わたしはパパをぎゅうぎゅうひっぱる。大場監督《おおばかんとく》があきれた顔《かお》で、仏像《ぶつぞう》のように片手《かたて》を胸《むね》のところでたててバイバイとふった。

最近《さいきん》、ママは料理《りょうり》にこっている。パパを台所《だいどころ》から追《お》い出《だ》して、ろくでもない食事《しょくじ》をこしらえてくれる。今日《きょう》のメニューは、ごてごてのシーフード・リゾットにしょっぱいカニサラダ。ナニが出《で》てきても文句《もんく》を言《い》わずに食《た》べるパパが、今日《きょう》はほとんど口《くち》をつけずにぼんやりしていた。好《す》きなビールも飲《の》まない。一言《ひとこと》もしゃべらない。「おなかでも痛《いた》いの？」とママに聞《き》かれて、半分眠《はんぶんねむ》ったような顔《かお》で「んにゃ」と返事《へんじ》する。「パパったら、なれない勉強《べんきょう》で頭《あたま》がショートしてるのよ」とおネエに言《い》われてもまるで聞《き》こえたふうもなく、五分間隔《ふんかんかく》でストレッチ体操《たいそう》のような長《なが》いため息《いき》をつくの。とても様子《ようす》が変《へん》。

ママは胃腸薬《いちょうやく》をさがし、おネエはパパの参考書《さんこうしょ》を読《よ》んでおでこにしわを寄《よ》せ、わたしはジョギングの時《とき》のことを考《かんが》えた。監督《かんとく》と話《はなし》をさせなかったのがまずかったかしら？　でもそんなのパパらしくない。パパはやりたいことは、いつも堂々《どうどう》とやってのける人《ひと》なのだ。

お風呂《ふろ》あがりにパパの部屋《へや》をたずねた。ノックしようとしたら、半《はん》びらきのドアから細々《ほそぼそ》と声《こえ》がもれてくる。ママとしゃべってる。

「アッコちゃんが僕《ぼく》のことを恥《は》ずかしく思《おも》ってるのは知《し》ってるんだ。さびしいけど、後《あと》十年《ねん》もして自分《じぶん》の子《こ》どもができたら、いつかは理解《りかい》してくれると思《おも》ってたよ。でも、二《ふた》葉《ば》は。」

パパの声《こえ》。立《た》ち聞《ぎ》きなんてマズイけど、名前《なまえ》を言《い》われて、わたしは動《うご》けなくなる。

「二葉《ふたば》はわかってくれてると、僕《ぼく》のことを信《しん》じていて好《す》きなんだと、うぬぼれてたよ。」

「二葉《ふたば》はあなたが大好《だいす》きよ。」

「でも、やっぱり、僕《ぼく》が家《いえ》にいることを、二葉《ふたば》もみっともないと思《おも》ってるよ。監督《かんとく》やチームのみんなに、僕《ぼく》のことを見《み》せたくないんだよ。恥《は》ずかしいんだ。いやなんだよ。」

「それは……考《かんが》えすぎじゃない？」

「いや、あの子《こ》は、青《あお》ざめてこわばった顔《かお》をしてた。地面《じめん》に穴《あな》をほって、僕《ぼく》をうめちまいたいって顔《かお》をしてた。」

わたしはそっとその場《ば》をはなれた。きっと顔《かお》が青《あお》ざめてこわばっていたし、床《ゆか》に穴《あな》をあけて自分《じぶん》をうめちまいたいと思《おも》った。


パパを傷《きず》つけたのはつらかった。でも、ゴメンナサイと謝《あやま》りにいけなかったのは、パパが感《かん》じたことが正解《せいかい》だったから。わたしは、おネエみたいにずけずけイヤミを言《い》ったりしないけど、働《はたら》いてお給料《きゅうりょう》をもらってくるフツーのパパがほしかったのは本当《ほんとう》なの。こんな問題《もんだい》が今《いま》まで起《お》きないほうが不思議《ふしぎ》だった。どうしよう？　これからどんな顔《かお》してパパを見《み》ればいいの？

今《いま》、パパとママは苦手《にがて》なことをがんばってやりはじめている。パパが資格《しかく》を取《と》って仕事《しごと》について、ママがもっと家《いえ》にいてまずい料理《りょうり》を作《つく》って――そんな未来《みらい》のことを想像《そうぞう》するとわたしはひどく奇妙《きみょう》な気持《きも》ちがしたな。

外《そと》でバリバリ働《はたら》くパパ、家《いえ》でエプロンしめてお料理《りょうり》するママ。とてもとてもすてき。でも、それは、あこがれていたこととは少《すこ》しちがう気《き》がした。パパがパパらしくない。ママがママらしくない。胸《むね》がざわざわするの。不安《ふあん》でこわい。わたしは頭《あたま》が混乱《こんらん》した。ベッドの中《なか》で寝《ね》がえりを百回《かい》くらいうって、まばたきを忘《わす》れて目玉《めだま》がかわいた。どうしても眠《ねむ》れないので、おネエに相談《そうだん》に行《い》くと、ほっときなさいとあっさり言《い》われる。パパにはいい薬《くすり》だわ、ちょっと能天気《のうてんき》すぎたのよ。これで、子《こ》どもの立場《たちば》ってものを少《すこ》しは考《かんが》えるでしょう。

そうかな？　子《こ》どもの立場《たちば》ねえ……。

次《つぎ》の朝《あさ》、わたしはパパの目《め》が見《み》られなかった。とてもこまった。こんなにこまったのは初《はじ》めて。だって、これまでは何《なに》があってもパパに相談《そうだん》してきたのよ。パパがダメ。ママもこの件《けん》ではパパとセットだからダメ。いったい、あと、だれに相談《そうだん》できる？

「よう、ウワサなんだけど、監督《かんとく》がおまえのパパさんにコーチをたのんだってほんとか？」

塩見《しおみ》クンが学校《がっこう》で小声《こごえ》で聞《き》いてきた時《とき》、わたしは心臓《しんぞう》がちぢんでなくなるかと思《おも》った。だまってゆっくりうなずくと、塩見《しおみ》クンは真夏《まなつ》の日《ひ》ざしのようにピカピカと笑《わら》う。

「ほんとか？　やったな。やったな。それでなあ、パパさん、OK《オーケー》してくれるんだろ？」

わたしは、もうほとんど泣《な》きたくなった。昼休《ひるやす》みに、塩見《しおみ》クンを屋上《おくじょう》の体育用具室《たいいくようぐしつ》にひっぱっていくと、これまでのことをぜんぶ話《はな》した。バカじゃねえか、と塩見《しおみ》クンは言《い》った。

「俺《おれ》がどんなにおまえがうらやましいか、わかるか？　俺《おれ》だって、パパさんに野球《やきゅう》を教《おそ》わりたいよ。きっと、水尾《みずお》さんだって、石原《いしはら》だって、チームの連中《れんちゅう》みんなそうだぜ。」

「パパをバカにしないかしら？　男《おとこ》のくせに主夫《しゅふ》でベビーシッターで……。」

「関係《かんけい》ねえよ。元《もと》プロ選手《せんしゅ》だぜ。」

「二軍《ぐん》だけだよ。」

「関係《かんけい》ねえよ。それに、みんな、パパさんのことは好《す》きになるぜ。いい人《ひと》だもんな。」

塩見《しおみ》クンの言葉《ことば》は、まっすぐにわたしの胸《むね》に通《とお》った。一五〇キロのストレートだ。塩見《しおみ》クンは、だれよりも正直《しょうじき》で、ミエやかざりのない男《おとこ》の子《こ》だ。ありがたいヤツだ。

「よし。俺《おれ》がパパさんに話《はな》してやる。」

「ちょっと待《ま》ってよ。ウチはフクザツな家《いえ》で色々《いろいろ》とこじれてて、そう簡単《かんたん》にはね……。」

「まかせろよ。うまくやるから。」

塩見《しおみ》クンは力強《ちからづよ》くうなずいてみせた。

「お、守《まもる》クン。めずらしいな。」

パパは塩見《しおみ》クンを見《み》るとうれしそうにあいさつした。コンチワと塩見《しおみ》クンはもっとうれしそうにニカニカして頭《あたま》を下《さ》げる。

「アリゲーターズの選手代表《せんしゅだいひょう》として、お願《ねが》いにきました。パパさん、ぜひ、コーチをやって下《くだ》さい！　俺《おれ》たちに野球《やきゅう》を教《おし》えて下《くだ》さい。」

塩見《しおみ》クンは甲子園《こうしえん》の選手宣誓《せんしゅせんせい》のように、りりしくはっきりと声《こえ》を出《だ》した。

「柳《やなぎ》は、パパさんがコーチをやったら、勉強《べんきょう》の時間《じかん》がなくなるって心配《しんぱい》してるんだけど、週末《しゅうまつ》一日《にち》、朝《あさ》ふつ二日《か》とか、そんなもんで、いいです。監督《かんとく》も年《とし》だから助《たす》かるし、楽々亭《らくらくてい》はノックが下手《へた》だし、俺《おれ》はピッチングのこととか色々教《いろいろおそ》わりたいや。」

「あのね、守《まもる》クンね……。」

「そんなに時間《じかん》ないですか？」

塩見《しおみ》クンはパパの言葉《ことば》をさえぎった。パパは塩見《しおみ》クンからわたしに目《め》をうつした。

「掃除《そうじ》と洗濯《せんたく》くらい手伝《てつだ》うから。」

わたしは小声《こごえ》でぼそぼそ言《い》った。

「二葉《ふたば》はパパにコーチをやってほしいのか？」

パパはまじめな顔《かお》でたずねた。

「パパはどう？　やりたい？」

わたしもまじめな顔《かお》で質問《しつもん》を返《かえ》す。パパはだまってこちらを見《み》たまま、最初《さいしょ》の質問《しつもん》の返《へん》事《じ》を待《ま》っていた。う、こまった！

「わたしは、パパにやりたいことをやってほしいだけよ。料理《りょうり》でも勉強《べんきょう》でもコーチでも。だって、ウチじゃ、みんな好《す》きなことをやるために、なんとかがんばってきたんだもん。」

やぶれかぶれで答《こた》えると、胸《むね》のつかえが、コロリととれた。あ、よかった。正解《せいかい》だ。言《い》いたいことが言《い》えた。これでいいんだ。

パパはうれしそうにほのぼのと笑《わら》った。

「そうか……。」

ひさしぶりに見《み》た心《こころ》からの笑顔《えがお》。

わたしは少《すこ》しウソをついたかしら？　そうじゃないね。パパが幸《しあわ》せそうにしてるのを見《み》るのが、一番《いちばん》うれしいものね。

大場監督《おおばかんとく》と一度《いちど》じっくり相談《そうだん》して——ということに話《はなし》は落《お》ちついた。たぶん、パパはコーチをやるだろう。コーチと勉強《べんきょう》とバイトと家事《かじ》と、ウルトラいそがしい柳大介《やなぎだいすけ》になっちまうな。わたしは？　そうね。パパを助《たす》けてチームでも家《いえ》でもはりきろうか？

10

市《し》の少年《しょうねん》野球《やきゅう》連盟《れんめい》の秋《あき》の大会《たいかい》は、一年《ねん》で最高《さいこう》のビッグイベントだ。春《はる》の大会《たいかい》ではベスト8《エイト》のアリゲーターズは、今回《こんかい》だんぜん優勝《ゆうしょう》をねらってる。十一月《がつ》をめざして猛練習《もうれんしゅう》！

九月《がつ》二週目《しゅうめ》の週末《しゅうまつ》はパパのうわさでもちきりだった。パパは月曜日《げつようび》の朝練《あされん》からコーチをつとめることが決《き》まっている。元《もと》プロ選手《せんしゅ》というプロフィールはバレてないのに、こんなにみんながもりあがってしまったのはなぜ？

「だってよ、女《おんな》の子《こ》にこれだけ野球《やきゅう》をしこんだヒトって興味《きょうみ》あるじゃん？」

石原《いしはら》クンが言《い》う。

「どんな選手《せんしゅ》だったわけ？」

水尾《みずお》さんまで熱心《ねっしん》に聞《き》いてくる。

「え？　あ？　ポジションはピッチャーで、社会人《しゃかいじん》でやってて……ええと……肩《かた》をこわして。」

わたしはおたおたしてしまう。

「へえ。で、野球《やきゅう》やめてサラリーマン？」

石原《いしはら》クンに言《い》われて、わたしは絶句《ぜっく》。

「柳《やなぎ》ンチハよ、いまどきの先端《せんたん》なんだぜ。お母《かあ》さんが仕事《しごと》してて、お父《とう》さんが家事《かじ》と子育《こそだ》てをしたんだ。お父《とう》さんは、料理《りょうり》と赤《あか》ん坊《ぼう》の世話《せわ》をさせたらピカイチさ。俺《おれ》の妹《いもうと》のチビもよく見《み》てもらうの。気《き》が若《わか》いし、野球《やきゅう》はすげえくわしいし、かっこいい人《ひと》だぜ。」

塩見《しおみ》クンがすらすらとしゃべってくれた。ふえええ〜と男《おとこ》の子《こ》たちはうめいた。わたしは息《いき》が止《と》まった。だれがどんなふうに冷《ひ》やかす？　バカにする？　ああ、イヤッ。思《おも》わず目《め》を閉《と》じると、水尾《みずお》さんの声《こえ》がした。

「で、お母《かあ》さんの給料《きゅうりょう》だけで暮《く》らせるの？」

目《め》をあけると、アーモンド型《がた》のまじめな表情《ひょうじょう》の目《め》とぶつかった。イヤミや冷《ひ》やかしの悪《わる》い感情《かんじょう》がこもっていないことは、すぐにわかった。よけいに胸《むね》がドキドキした。わたしはなんだか頭《あたま》が白《しろ》くなってしまって答《こた》えられずにいると、また塩見《しおみ》クンが口《くち》を出《だ》した。

「こいつのお母《かあ》さんってのが、また、かっこいいキャリアウーマンなわけ。こいつにぜんぜん似《に》てなくて、美人《びじん》でね。」

「なんだよ。塩見《しおみ》、なに、うらやましがってんだよ。」

石原《いしはら》クンが笑《わら》った。みんな笑《わら》った。

「じゃあ、柳《やなぎ》ンチは、女《おんな》が男《おとこ》っぽくて、男《おとこ》が女《おんな》っぽいわけだ。」

水尾《みずお》さんがいやなマトメをするので、

「パ、パパは、女《おんな》っぽくないし、お姉《ねえ》ちゃんは彼氏《かれし》に夢中《むちゅう》のフツーの高校生《こうこうせい》だし……。」

わたしがムキになって言《い》いかけると、水尾《みずお》さんは冗談《じょうだん》だよとニヤニヤして、みんながどっと笑《わら》った。わたしは顔《かお》がカッカと熱《あつ》くなるのがわかった。これだから！　これだから！　これだから、いや！

でも——とわたしは思《おも》うの。夏休《なつやす》み前《まえ》には男《おとこ》の子《こ》たちとこんなふうに親《した》しく会話《かいわ》ができた？　水尾《みずお》さんがわたしに冗談《じょうだん》を言《い》った？　そうよ。一度《いちど》はやめようと思《おも》ったチームに、いつのまにかわたしはとけこんでいる。

予想《よそう》してたのとはぜんぜんちがった。何《なに》か劇的《げきてき》なことが必要《ひつよう》だと思《おも》ったの。例《たと》えば試合《しあい》で大活躍《だいかつやく》して男《おとこ》の子《こ》たちが感心《かんしん》して仲間《なかま》に入《い》れてくれる、なんてね。でも、ちがう。小《ちい》さな毎日《まいにち》の積《つ》みかさね。暑《あつ》い夏休《なつやす》みに毎日毎日《まいにちまいにち》グラウンドに出《で》かけ、泥《どろ》まみれ汗《あせ》まみれで、いっしょに練習《れんしゅう》する。そうやって、わたしは〝ヒーロー〟にも〝男《おとこ》の子《こ》〟にもならずに、アリゲーターズの一員《いちいん》になれたみたい……。

ああ、やっぱり、パパのことが心配《しんぱい》よ。せっかくうまくかたまりかけてるチームの中《なか》の立場《たちば》が、何《なに》かまた変《か》わりはしないだろうね？　みんながパパを笑《わら》ったり、きらったり。パパのことで、わたしを変《へん》な目《め》でみたり……。

塩見《しおみ》クンと目《め》があった。どんぐりまなこにバカじゃねえの、と書《か》いてあった。わたしは小《ち》さく頭《あたま》を下《さ》げた。ありがとう、というつもり。塩見《しおみ》クンは自分《じぶん》のためにもパパをコーチにしたかったんだろうけど、でも、色々《いろいろ》と世話《せわ》になったよね。ありがとうネ。

丸《まる》メガネでノッポの柳《やなぎ》コーチが登場《とうじょう》した。パパはとってもリラックス。あの、だれにでも好《す》かれる能天気《のうてんき》な笑顔《えがお》と、明《あか》るいしゃべり方《かた》は、ふだんとちっとも変《か》わらない。

ノックの正確《せいかく》さ、守備《しゅび》を教《おし》える時《とき》のフットワーク、説明《せつめい》の合間《あいま》に飛《と》びだすジョーク――わたしはすっかりパパに見《み》とれてしまった。チームのみんなもそうだった。何《なに》も心配《しんぱい》はいらない。塩見《しおみ》クンの言《い》うとおりなんだ。

パパは、まったく幸《しあわ》せそうだった。体《からだ》の内側《うちがわ》から夏《なつ》の光《ひかり》がキラキラさすみたい。そう。グラウンドでバットやグラブを持《も》って男《おとこ》の子《こ》たちと動《うご》きまわるのが、どんなに気持《きも》ちがいいか、わたし、よーくわかるよ。

包丁《ほうちょう》よりエプロンより赤《あか》ちゃんのオシメや子守歌《こもりうた》より、パパにはボールとグラウンドの大声《おおごえ》がにあうね。やっぱりハマッてるよ。

わたしは、知《し》らず知《し》らず、頭《あたま》の中《なか》で、パパに社会人《しゃかいじん》SS《エスエス》電機《でんき》や、横浜《よこはま》ベイスターズのユニフォームを着《き》せていた。東京《とうきょう》ドームや横浜《よこはま》スタジアムのマウンド。パパは何《なに》も言《い》わないけれど、かなわなかった昔《むかし》の夢《ゆめ》はいったいどこへやったのだろう。

パパは塩見《しおみ》クンのピッチング・フォームをチェックしていた。塩見《しおみ》の悪《わる》ガキは、信《しん》じられないことにガチガチに緊張《きんちょう》している。うふふ。今《いま》の塩見《しおみ》クンにとって、コーチはいつものパパさんじゃなく、見《み》たことのない昔《むかし》の柳投手《やなぎとうしゅ》なのかもしれない。バカだね。

わたしの頭《あたま》の中《なか》から、幻《まぼろし》のスターのパパは消《き》えた。そんなの、いらないや。保母試験《ほぼしけん》の勉強《べんきょう》をして、わたしとジョギングをして、近所《きんじょ》の男《おとこ》の子《こ》たちに野球《やきゅう》を教《おし》えるパパがいい。主夫《しゅふ》です、と堂々《どうどう》と宣言《せんげん》し、元《もと》プロ選手《せんしゅ》、と言《い》わないパパがいい。

パパがコーチになってから、アリゲーターズの練習《れんしゅう》は、ぐっとムードがもりあがった。もちろん、大将《たいしょう》は大場監督《おおばかんとく》だけど、パパはパワフルによく動《うご》き、元気《げんき》な声《こえ》で、選手《せんしゅ》をノセルのがうまいんだ。

「十一月《がっ》にゃ、ばっちり優勝《ゆうしょう》しようゼ！」

とパパが言《い》うと、みんな、おなかの底《そこ》から力《ちから》がむくむくわいてくるみたい。ライバル・チームは、実力《じつりょく》NO1《ナンバーワン》の『マンボウズ』、リーグ戦《せん》でよく負《ま》けた『プラネッツ』。特《とく》に『マンボウズ』は、ここ二年《ねん》ほど一度《いちど》も勝《か》ったことがない最悪《さいあく》の相手《あいて》だった。

練習《れんしゅう》の帰《かえ》りに、青葉公園《あおばこうえん》の近《ちか》くのパン屋《や》さんで、塩見《しおみ》クンたちとジュースを飲《の》んでいる時《とき》、『マンボウズ』のエースの小海《こうみ》さんと、春《はる》の大会《たいかい》の盗塁王《とうるいおう》の長野《ながの》さんが自転車《じてんしゃ》で通《とお》りかかった。

「よっ。」

と中学生《ちゅうがくせい》サイズにでかい小海《こうみ》さんは、自転車《じてんしゃ》を止《と》めて、水尾《みずお》さんにあいさつした。小海《こうみ》さんたちは、お隣《となり》の星ヶ谷小学校《ほしがやしょうがっこう》の六年生《ねんせい》だ。

「よう。小海《こうみ》。また肥《こ》えたじゃないか。」

水尾《みずお》さんは、プロレスラーみたいな小海《こうみ》さんの肩《かた》や腕《うで》のあたりをじろじろながめた。

「バーカ。こりゃ筋肉《きんにく》だよ。」

小海《こうみ》さんはそう言《い》いながらわたしを見《み》た。

「なんだ。アリゲーターズは、まだ女投手《おんなとうしゅ》を使《つか》ってるのか。強《つよ》くならねえわけだな。」

ボクシングなら、小海《こうみ》さんがヘビー級《きゅう》、塩見《しおみ》クンがライト級《きゅう》、わたしはストロー級《きゅう》だ。

「デカけりゃいいってもんじゃないのよ。」

わたしはにらみをきかせて言《い》った。ケケケケケと塩見《しおみ》クンが笑《わら》い、水尾《みずお》さんは言《い》った。

「マンボウズはおまえがつぶれたら、ロクなピッチャーいないじゃないか。ウチは、エースが二人《ふたり》いるぜ。ぜったい勝《か》ってやるぜ。」

「オレはつぶれない。雑魚《ざこ》エースが何人《なんにん》いようといっしょさ。」

小海《こうみ》さんは胸《むね》をはった。

「キャッチャーの柴田《しばた》に言《い》っとけよ。みんなガンガン走《はし》るからな。ホームスチールに気《き》をつけろって。タマをけとばされないようにな。」

長野《ながの》さんがニヤニヤしながら言《い》う。

「タマのないヤツも一人《ひとり》いるけどな。」

と小海《こうみ》さん。そして、二人《ふたり》は、紫《むらさき》と黄緑《きみどり》のMTB《エムティービー》をスタートさせた。チクショウとわたしはつぶやいた。品《ひん》のないヤツらだぜ。

「気《き》にすんな、柳《やなぎ》。」

と水尾《みずお》さんは言《い》った。

「勝負《しょうぶ》はグラウンドだ。強《つよ》いモンが勝《か》つんだ。」

「雑魚《ざこ》エースだと？　トロくさいマンボウのぶんざいで何《なに》をぬかす。一点《てん》もやるもんか。」

塩見《しおみ》クンがぶりぶり怒《おこ》って言《い》った。

わたしたちは、景気《けいき》づけに、缶《かん》コーラを買《か》ってビールのように乾杯《かんぱい》した。わっせっ！

ジュース二本《ほん》でおなかはゲブゲブになったけど、アリゲーターズの本物《ほんもの》のメンバーになれた気《き》がして、うれしくて体《からだ》がふるえてきたよ。わっせっ！

『マンボウズ』の長野《ながの》さんのイヤな伝言《でんごん》を柴田《しばた》さんに伝《つた》えることはできなかった。彼《かれ》はアリゲーターズをやめた。むずかしい私立《しりつ》の男子校《だんしこう》を受験《じゅけん》する彼《かれ》は、もう野球《やきゅう》をやる時間《じかん》は一分《ぷん》もないというのだ。新《あたら》しいキャッチャーを決《き》めるのは重要《じゅうよう》な問題《もんだい》だった。大場監督《おおばかんとく》は、六年生《ねんせい》でセンターの山本《やまもと》さんを選《えら》んだ。ところが、パパ、柳大介《やなぎだいすけ》コーチは、とんでもないことを言《い》い出《だ》したのだ――塩見守《しおみまもる》はどうです？　彼《かれ》の強肩《きょうけん》なら、きっと二盗《とう》の八割《わり》は刺《さ》すことができます。

話《はなし》を聞《き》くと、塩見《しおみ》クンは、脳天《のうてん》をバットでなぐられたようにギヌロッと白目《しろめ》をむいた。

「俺《おれ》……投《な》げられないんですか……？」

「もちろん投《な》げるさ。二葉《ふたば》が投《な》げる時《とき》に、守《まもる》クンに受《う》けてほしいんだ。君《きみ》の肩《かた》なら、盗《とう》塁《るい》をほとんど殺《ころ》せるはずだよ。いいキャッチャーのいるチームは本当《ほんとう》に強《つよ》い。」

パパは熱心《ねっしん》に説明《せつめい》する。

塩見《しおみ》クンはつぶやいた。彼《かれ》はマウンドが好《す》きだ。死《し》ぬほど好《す》きだ。ピッチャー以外《いがい》のポジションなんて考《かんが》えてもいなかったのが、わたしの登場《とうじょう》で、たまにライトにまわり、そのことに最近《さいきん》ようやく慣《な》れたばかりだった。

「キャッチャーか……。」

「秋《あき》の大会《たいかい》は、調子《ちょうし》を見《み》て、塩見《しおみ》と柳《やなぎ》の二人《ふたり》にピッチャーをやってもらう。塩見《しおみ》が投《な》げる時《とき》は、山本《やまもと》が受《う》ける。」

大場監督《おおばかんとく》はいかめしい声《こえ》できっぱり言《い》った。

「塩見《しおみ》はキャッチングとスローイングをこれから特訓《とっくん》。柳《やなぎ》は牽制《けんせい》を猛特訓《もうとっくん》。春《はる》の時《とき》みたいに何度《なんど》もボークを取《と》られないようにな。」

ハイッとわたしたち二人《ふたり》はうなずいた。でも、わたしはなんだかピンとこなかったよ。ピッチャーがピッチャーにむかって、投球《とうきゅう》するなんてさ。それも、あのスピード狂《きょう》の塩《しお》見投手《みとうしゅ》にむかってだよ。

わたしは彼《かれ》を見《み》てちょっと首《くび》をひねり、彼《かれ》のほうはタコくちびるを作《つく》る。

「俺《おれ》がおまえの〝女房《にょうぼう》〟かよ。」

「なんか……ヘンだね。」

「ヘンじゃないさ。たとえば、ウチ――柳家《やなぎけ》のように、名《めい》コンビになってほしいね。」

パパが言《い》った。

わたしがママで塩見《しおみ》クンがパパ？　パパは男《おとこ》だけれど、女房役《にょうぼうやく》の主夫《しゅふ》。塩見《しおみ》クンは速《そっ》球投手《きゅうとうしゅ》だけれど、女房役《にょうぼうやく》の捕手《ほしゅ》。

うーむ。わたしたちは、もう一度目《いちどめ》をあわせて首《くび》をかしげた。うーむ。うまくいくかしら？　とんでもない迷《めい》コンビになりそうだよ！


コンビの練習《れんしゅう》が始《はじ》まった。やっぱり、本職《ほんしょく》の柴田《しばた》さんに投《な》げるのとは、だいぶ勝手《かって》がちがう。塩見《しおみ》クンのキャッチャーミットはなんだか落《お》ちつきがなくて、チョコチョコ動《うご》く感《かん》じ。投《な》げにくいや。

「いいか、守《まもる》クン。自分《じぶん》がマウンドにいる時《とき》キャッチャーに何《なに》をしてほしいか、よーく思《おも》い出《だ》すんだ。ピッチャーの気持《きも》ちだ。」

パパはアドバイスした。

「それから、キャッチャーの気持《きも》ちもよく覚《おぼ》えておけよ。それをマウンドで生《い》かせ。ひとまわり大《おお》きな投手《とうしゅ》になれるぞ。」

「そうか！」

塩見《しおみ》クンの大《おお》きな目《め》が輝《かがや》いた。

「キャッチャーをやると、ピッチングに役《やく》に立《た》つんだな。」

「そう。バッテリーは二人《ふたり》で一人前《いちにんまえ》だ。」

「そうか！」

塩見《しおみ》クンは、キャッチャーミットを右手《みぎて》でポンとたたいた。

「よっし。柳《やなぎ》！　どんどん来《こ》いよっ。」

「OK《オーケー》。」

わたしは、ふりかぶって投《な》げた。

「ストライークッ。ナイス・ボール」

塩見《しおみ》クンはさけんだ。

「どんどん来《こ》い！」

塩見《しおみ》クンは、根《ね》っからのピッチャーだ。ライトをやっても、キャッチャーをやっても、彼《かれ》の心《こころ》はマウンドにある。強《つよ》い根《ね》を持《も》つ若芽《わかめ》のように、あらゆるところから、栄養《えいよう》をすいとって、いつか、でっかい見事《みごと》な花《はな》を咲《さ》かせるだろう。マウンドの上《うえ》で。

チームのためにも、塩見《しおみ》クンのためにも、パパのアイデアは、きっとすばらしい。

よし、負《ま》けるもんか、とわたしは思《おも》った。わたしだって、ピッチャー。アリゲーターズの選手《せんしゅ》だっ。

わたしたちは、学校《がっこう》でも、時間《じかん》と場所《ばしょ》を見《み》つけて練習《れんしゅう》した。わたしが投《な》げる。塩見《しおみ》クンが受《う》ける。石原《いしはら》クンがファーストになって、わたしの牽制球《けんせいきゅう》を受《う》ける。後藤《ごとう》クンがセカンドになって、塩見《しおみ》クンの送球《そうきゅう》を受《う》ける。

「五年生《ねんせい》、バカに燃《も》えてるじゃん。」

水尾《みずお》さんが校庭《こうてい》を通《とお》りかかって笑《わら》った。

「あ、水尾《みずお》さん。ねえ、ランナーやってよ。」

塩見《しおみ》クンが声《こえ》をかけた。

「ヤだね。後藤《ごとう》、どけよ。俺《おれ》がセカンドだ。」

水尾《みずお》さんは後藤《ごとう》クンをおっぱらって、いつものポジションについた。後藤《ごとう》クンがランナーになる。

「柳《やなぎ》、サウスポーは一塁走者《いちるいそうしゃ》がよく見《み》えるんだぞ。わかってるな。ばっちり牽制《けんせい》しろよ。」

水尾《みずお》さんは言《い》った。六年生《ねんせい》も燃《も》えてるぞ！

11

十一月三日《がつみっか》、少年野球連盟《しょうねんやきゅうれんめい》の秋《あき》の大会《たいかい》が始《はじ》まった。ナイター照明《しょうめい》もある立派《りっぱ》なK《けー》市営《しえい》球場《きゅうじょう》には、市長《しちょう》さんや地元《じもと》の国会議員《こっかいぎいん》のセンセーなどが顔《かお》を出《だ》す。ものものしい雰囲気《ふんいき》。でも、政治家《せいじか》なんてどうでもいいんだ。今日《きょう》は、初《はじ》めてママが見《み》にきてくれるの。わたしの試合《しあい》の応援《おうえん》に来《く》るというのは、ママが大阪《おおさか》にいるころからの約束《やくそく》だった。

ママはパパといっしょに、大場監督《おおばかんとく》や他《ほか》のお母《かあ》さんたちに挨拶《あいさつ》している。パパはアリゲーターズのユニフォーム。ママはコム・デ・ギャルソンの忍者《にんじゃ》のような黒《くろ》いパンツスーツ。ヘンッなカップル！　あたりまえのようにニコニコしちゃってさ。二人《ふたり》いっしょだと思《おも》いきり目立《めだ》つのを知《し》らないな。

「あれか。キャリア・ウーマンの母《かあ》チャンは。」

石原《いしはら》クンの声《こえ》に、わたしは肩《かた》をすくめた。

「あれだよ。後《うし》ろ姿《すがた》だと原宿《はらじゅく》でナンパされるんだってよ。ウチのハハは。」

男《おとこ》の子《こ》たちはウケた。美人《びじん》だけどこわいとか、わたしと似《に》てないとか、パパと似合《にあ》わないとか、みんな、好《す》き勝手《かって》を言《い》ってくれた。そうオ？　ほっといて。父兄《ふけい》の中《なか》で、どっと浮《う》いてるし、なんかフツーじゃないけど、いいのよ、あれで。

やっとそう思《おも》えるようになったんだから。


秋《あき》の大会《たいかい》は、三十五チーム参加《さんか》のトーナメントだ。アリゲーターズは、クジ運《うん》が悪《わる》くてノーシードだから、優勝《ゆうしょう》するには六連勝《れんしょう》しなければならない。

開会式《かいかいしき》の選手宣誓《せんしゅせんせい》は、春《はる》の大会《たいかい》の優勝《ゆうしょう》チームのキャプテンがやった。マンボウズのエース、ジャンボ小海《こうみ》。

「来年《らいねん》の春《はる》の宣誓《せんせい》は、おまえがやれよ。」

水尾《みずお》さんが塩見《しおみ》クンにささやいた。

「ぜったいにやれよ。」

塩見《しおみ》クンはだまってしっかりうなずいた。そうか。来年《らいねん》の春《はる》の大会《たいかい》は、もう水尾《みずお》さんたち六年《ねん》はチームにいない。彼《かれ》らにとって、これは最後《さいご》の大《おお》きな大会《たいかい》。

優勝《ゆうしょう》しよう、あとはたのむぞ――という水尾《みずお》さんのゲキに、わたしはなんだか身《み》ぶるいが出《で》た。興奮《こうふん》と緊張《きんちょう》、武者《むしゃ》ぶるいかな?

一回戦《かいせん》は、春《はる》に負《ま》けたプラネッツだ。いきなりイヤな相手《あいて》だったけど、五対《たい》二で勝利《しょうり》。塩見守《しおみまもる》のナイス・ピッチ。

二回戦《かいせん》はわたしが投《な》げた。相手《あいて》はレッド・ドラゴンズ。キャッチャー塩見《しおみ》のデビュー戦《せん》で、なんだかこっちまでドキドキしちゃったよ。午前中《ごぜんちゅう》にすごいスピードボールを投《な》げてたエースが、午後《ごご》にはプレートの後《うし》ろにどかっとしゃがむと、相手《あいて》チームはざわついた。塩見《しおみ》クンがマスクの中《なか》でニタニタしてるのがわかる。おもしろがってるな?

レッド・ドラゴンズは弱《よわ》いチームなので、あまりランナーは出《だ》さなかったけど、それでも塩見《しおみ》クンは、盗塁《とうるい》を二つ刺《さ》して、ワニのようにほえた。

「ボーッボーッボーッ。」

チーム名《めい》の『アリゲーター』はワニだ。塩見《しおみ》クンがワニはなんて鳴《な》くんだろうと言《い》いだしたとき、雑学博士《ざつがくはかせ》のパパは答《こた》えたのだ。

「繁殖期《はんしょくき》のミシシッピワニは、霧笛《むてき》のようにほえるんだよ。ボーッって。ボーッボーッ。」

それから、このおたけびが、チームではやった。ヒットを打《う》った時《とき》、盗塁《とうるい》を決《き》めた時《とき》、いい守備《しゅび》を見《み》せた時《とき》、アリゲーターズの男《おとこ》の子《こ》たちは、みんな、「ボーッボーッ」とさけぶ。ワニの声《こえ》。アリゲーターの声《こえ》。勝利《しょうり》の声《こえ》。

試合《しあい》は七対《たい》○のコールド勝《が》ち。ボーッ！

試合後《しあいご》のあいさつが終《お》わると、わたしは、ママのところに飛《と》んでいった。ママだけじゃなくて、アリゲーターズの応援団《おうえんだん》が、みんな拍手《はくしゅ》で歓迎《かんげい》してくれる。

「二葉《ふたば》ってカッコいいのねえ！　驚《おどろ》いた。」

ママは力強《ちからづよ》く感動《かんどう》してくれた。

「あんまし強《つよ》いチームじゃないからサ。」

わたしは照《て》れちゃう。

「でも、一点《てん》もやらないって、すごいことでしょう？」

「すごいことだよな。」

石原《いしはら》クンのお父《とう》さんがしみじみと答《こた》えた。

「二葉《ふたば》クンのコントロールは見事《みごと》だなあ。サウスポーで下手投《したてな》げだろ。打者《だしゃ》の手元《てもと》で伸《の》びる球《たま》で……。ちょっと打《う》てないだろうね。」

「キャッチャーも良《よ》かった！」

わたしは、レッド・ドラゴンズの五年生《ねんせい》とじゃれている塩見《しおみ》クンをふりむいた。彼《かれ》はどのチームにも友達《ともだち》がいる。いっぱいいる。

「塩見守《しおみまもる》は、ナイスガイね……。」

ママがひとりごとのようにつぶやいた。

四日《よっか》の振替休日《ふりかえきゅうじつ》に、わたしと塩見《しおみ》クンは、また一勝《しょう》ずつあげた。いよいよ準決勝《じゅんけっしょう》。そして決勝戦《けっしょうせん》。

次《つぎ》の週末《しゅうまつ》までの朝練《あされん》は、ずっとバッティング練習《れんしゅう》をやった。守備《しゅび》は一日二日《にちふつか》でうまくならないけど、打撃《だげき》はボールに目《め》をならすだけでも効果《こうか》があると、大場監督《おおばかんとく》は言《い》う。

公園《こうえん》のグラウンドの数《すう》カ所《しょ》で、コーチが投《な》げる球《たま》を、わたしたちはひたすら打《う》つ。

バッティング投手《とうしゅ》のパパ。右《みぎ》の上手投《うわてな》げ。なんてきれいなフォーム。なめらかで大《おお》きくて力強《ちからづよ》い……。キャッチボールのように投《な》げても、速《はや》くて重《おも》い球《たま》がビシッとくる。マンボウズのジャンボ小海《こうみ》よりも、はるかに速《はや》い。塩見《しおみ》クンよりももっと――塩見守《しおみまもる》はポケッと口《くち》をあけて、パパに見《み》とれていた。

水尾《みずお》さんがパパの球《たま》を空《から》ぶりする。パパは少《すこ》しゆるく投《な》げる。今度《こんど》はジャストミート。

「その感《かん》じだよ。」パパはほほえむ。水尾《みずお》さんがうなずく。こわいほど真剣《しんけん》な顔《かお》。塩見《しおみ》クンはまだほれぼれとパパを見《み》つめてる。みんなが、パパを必要《ひつよう》としてくれてうれしい。わたしは、胸《むね》がいたいほどうれしい。

秋《あき》の大会《たいかい》の最後《さいご》の日《ひ》は、ピカピカによく晴《は》れた。選手《せんしゅ》の家族《かぞく》、友達《ともだち》――アリゲーターズの応援団《おうえんだん》もおおぜい市営球場《しえいきゅうじょう》につめかける。ママがおネエを強引《ごういん》に連《つ》れてきてる。ユミッペやエッちゃんもいる。二人《ふたり》は緑色《みどりいろ》のワニを描《えが》いた大《おお》きな旗《はた》を作《つく》って持《も》ってきて、試合《しあい》の前《まえ》からゆさゆさとふった。ボーッとワニの選手《せんしゅ》たちはほえた。ボーッ、ボーッ！

準決勝《じゅんけっしょう》はわたし、決勝《けっしょう》は塩見《しおみ》クンが投《な》げることに決《き》まっていた。わたしは胸《むね》がドキドキして、ちょっと吐《は》き気《け》がした。責任重大《せきにんじゅうだい》。わたしがドジッたら、みんなが、あれだけファイトを燃《も》やしていた決勝戦《けっしょうせん》に進《すす》めないもの。

「気楽《きらく》にいけよ。二人《ふたり》で交替《こうたい》に二試合《しあい》を投《な》げるつもりでやればいいよ。」

大場監督《おおばかんとく》が、二人《ふたり》のエースに言《い》った。

「出来《でき》が悪《わる》かったら、すぐに替《か》わってやるよ。」

と塩見《しおみ》クンがニヤニヤして言《い》うので、

「よろしくね。」

とわたしは肩《かた》の運動《うんどう》をした。肩《かた》がほぐれた。気持《きも》ちがほぐれた。ピッチャーはマウンドで一人《ひとり》だけど、グラウンドにはあと八人《にん》の仲間《なかま》がいる。ベンチにも仲間《なかま》がいる。

準決勝《じゅんけっしょう》の相手《あいて》のマーキュリーズの投手《とうしゅ》は、ひどく調子《ちょうし》が悪《わる》かった。そして、こちらは、毎朝《まいあさ》のバッティング練習《れんしゅう》の効果《こうか》ばつぐん？　一回《かい》の表《おもて》、わがアリゲーターズは、ぼこぼこヒットを打《う》って打者一巡《だしゃいちじゅん》でいきなり六点《てん》をあげた。すごい！　二回《かい》には四点《てん》。わたしも、二回《かい》の裏《うら》に二点《てん》をとられたけど、十対《たい》二で、あっけなく二回《かい》コールド勝《が》ちになった。

「つまんないな。もっと投《な》げたい。」

「ぜいたく言《い》うんじゃねえって。」

バッテリーは勝利《しょうり》の握手《あくしゅ》をかわした。

最終試合《さいしゅうじあい》。決勝戦《けっしょうせん》。ファイナル。

午後《ごご》二時半《じはん》。K《ケー》市営球場《しえいきゅうじょう》は、独特《どくとく》の緊張感《きんちょうかん》に包《つつ》まれていた。相手《あいて》は、一回戦《かいせん》シードで、あたりまえのように四連勝《れんしょう》してきた王者《おうじゃ》マンボウズだ。

アリゲーターズは先攻《せんこう》なので、一番打者《ばんだしゃ》の石原《いしはら》クンが打席《だせき》に入《はい》った。五十メートル五秒《びょう》八のカモシカ男《おとこ》。マウンドには、ジャンボ小海《こうみ》が、小山《こやま》のようにノソリとそびえている。大《おお》きなモーション、本格派《ほんかくは》の左腕《ひだりうで》からくりだされるボールは、うなりをたてそうなヘビー速球《そっきゅう》だ。石原《いしはら》クンは空《から》ぶりの三振《さんしん》。マンボウズの応援席《おうえんせき》がワーと声《こえ》をたてる。

「速《はや》いぜ。塩見《しおみ》とどっこいどっこいだ。」

悔《くや》しそうな石原《いしはら》クンが声《こえ》をかける。次《つぎ》は、五十メートル六秒《びょう》二のわたしの打順《だじゅん》だ。わたしはバッティングはピッチングほど自信《じしん》がない。バットを短《みじか》く持《も》って、鋭《するど》いスイングをして……と監督《かんとく》のアドバイスを思《おも》いだして、小海《こうみ》さんをにらむと、彼《かれ》はバカにしたようにニタリと笑《わら》った。クソ。打《う》てっこないと思《おも》ってるな。女《おんな》だから?

コンチクショウとはりきったけど、かすりもしないの。続《つづ》く塩見《しおみ》クンは、当《あ》たればホームランというムチャ振《ぶ》りをして、三球三振《さんきゅうさんしん》。やられたな。

わたしは、ライトの守備位置《しゅびいち》から、マウンドの塩見守《しおみまもる》を見《み》た。相手投手《あいてとうしゅ》にあんなはでな立《た》ち上《あ》がりされて、プレッシャーじゃないか? 広《ひろ》い肩《かた》はば。背番号《せばんごう》1の背中《せなか》。落《お》ちついたふんいきで、なかなかたのもしく見《み》える。

マンボウズの打線《だせん》は、しつこい。四番《ばん》、五番《ばん》以外《いがい》は強打者《きょうだしゃ》はいないけど、みんな、選《せん》球眼《きゅうがん》が良《よ》く、ミートがうまく、足《あし》が速《はや》いのが特長《とくちょう》だ。とにかく、よく塁《るい》に出《で》る。出《で》たら必《かなら》ず次《つぎ》の塁《るい》に走《はし》る。こわいチームだ。

塩見《しおみ》クンは一番打者《ばんだしゃ》を打《う》ちとった。空《から》ぶり三振《さんしん》。彼《かれ》の背中《せなか》は自信《じしん》たっぷり。アガるどころじゃない。彼《かれ》の頭《あたま》の中《なか》が読《よ》める。三者連続三振《しゃれんぞくさんしん》を取《と》るつもり。小海《こうみ》さんと同《おな》じことをやる。仕返《しかえ》しをする。彼《かれ》の気迫《きはく》が遠《とお》いライトまでビシビシ伝《つた》わってくる。

三者連続空《しゃれんぞくから》ぶり三振《さんしん》！　本格派左右《ほんかくはさゆう》エースの投《な》げ合《あ》い。わたしは、ぞくぞくした。うらやましくなった。わたしだって、あんな速《はや》い球《たま》で、どんどん三振《さんしん》を取《と》ってみたいや。

「ナイス・ピー！」

わたしは、塩見《しおみ》クンの後《うし》ろ頭《あたま》を空手《からて》チョップではたいた。

「まかせろよ。あいつには負《ま》けないぜ。」

背番号《せばんごう》1のエースは、ふりむいて、うきうきと笑《わら》う。

両投手《りょうとうしゅ》の三振合戦《さんしんがっせん》は、どちらも四番打者《ばんだしゃ》がケリをつけた。まず、小海《こうみ》さんが、塩見《しおみ》クンの真《ま》ん中高《なかたか》めのボール球《だま》を力《ちから》で右中間《うちゅうかん》に持《も》っていく。ヒット。こちらは、水尾《みずお》さんがライトへ二塁打《にるいだ》。でも、おたがい後《あと》が続《つづ》かない。四回《かい》まで、○対《たい》○の息《いき》づまる投手戦《とうしゅせん》。

五回《かい》の裏《うら》、マンボウズは下位打線《かいだせん》だった。ここで塩見守《しおみまもる》の悪《わる》いクセが出《で》た。四球病《しきゅうびょう》。

二人《ふたり》を歩《ある》かせて、スチールされる。ショート川辺《かわべ》さんのエラーと、一番打者《ばんだしゃ》のスクイズ。ノーヒットで三点《てん》も取《と》られた！

三点《てん》！　あの、ジャンボ小海《こうみ》から取《と》るには大変《たいへん》な点数《てんすう》。まだ、ウチの打線《だせん》は、水尾《みずお》さんの二塁打《にるいだ》一本《ぽん》だけ。小海《こうみ》さんは、これまで、四球《しきゅう》を四つ出《だ》していて、内野《ないや》のエラーが二つある。でも、ランナーが出《で》ても、かんじんなところで、あのヘビー速球《そっきゅう》がうなって三《さん》振《しん》。六回《かい》の表《おもて》も、今井《いまい》さんが振《ふ》り逃《に》げ、川辺《かわべ》さんがサードゴロエラーでランナーに出《で》たけれど八番《ばん》、九番《ばん》が三振《さんしん》した。無得点《むとくてん》。

塩見《しおみ》クンは、じりじりくやしかったと思《おも》うの。小海《こうみ》さんと同《おな》じようなピッチング内容《ないよう》。調子《ちょうし》は最高《さいこう》で、ヒットはほとんど打《う》たれず、ランナーは四球《しきゅう》とエラー。それでも、こちらは〇点《てん》、むこうは三点《てん》。こういうのって、ピッチャーは、たまらなくジリジリするのよ。

六回《かい》の裏《うら》、三振《さんしん》をねらって、ストライクばかり続《つづ》けた塩見《しおみ》クンは、四番《ばん》小海《こうみ》さんにレフトの頭上《ずじょう》を越《こ》える大三塁打《だいさんるいだ》を打《う》たれた。そして、犠牲《ぎせい》フライで四点目《てんめ》がはいった。これはきつい。ダメ押《お》し点《てん》？　四対《たい》〇。攻撃《こうげき》チャンスは、後《あと》たったの一イニングだ！

「なんとかしようぜ！　点《てん》を取《と》ろう！」

きっぱり言《い》ったのは水尾《みずお》キャプテンだった。

「あっちだって、ヒットは二本《ほん》だけなんだ。」

「いいか、石原《いしはら》。空《から》ぶりだけはするな。ゴロを転《ころ》がして思《おも》いきり走《はし》れ。ボールを見《み》ていけ。」

大場監督《おおばかんとく》がささやき、一番《ばん》打者《だしゃ》はうなずく。石原《いしはら》クンはバットを短《みじか》く持《も》って、二度《ど》しっかり空《から》ぶりした後《あと》、スリーバントをしかけた。三塁線《さんるいせん》にトロトロ転《ころ》がり、意表《いひょう》をついて大成功《だいせいこう》。アリゲーターズの応援席《おうえんせき》は、ここぞとばかりグワアともりあがった。

わたしはバッターボックスにはいる。四点差《てんさ》。とにかく塁《るい》に出《で》なきゃ。ランナーをためて、水尾《みずお》さんの一振《ひとふ》りにかけるしかない。思《おも》いきって初球《しょきゅう》をねらった。サードは新顔《しんがお》の五年生《ねんせい》、エラーもしてるし、スリーバントを決《き》められるしで頭《あたま》にきているはず……。わたしは、石原《いしはら》クンと同《おな》じ方向《ほうこう》にバントした。小海《こうみ》さんのヘビー級《きゅう》ボールはバントもむずかしく三塁前《さんるいまえ》にホヨヨンと上《あ》がるポップフライ。ああッ。でもサードはこれを、ほろりと落《お》としてくれる。ヤタッ！

マンボウズは全員足《ぜんいんあし》が速《はや》いけど、ウチだって、一、二番《ばん》はリレーのアンカークラスよ。塩見《しおみ》クンの初球《しょきゅう》に、石原《いしはら》クンがスタートを切《き》るのを見《み》て、わたしも走《はし》った。ダブルスチール成功《せいこう》。よしよしっ。小海《こうみ》さんはムカついたと見《み》える。塩見《しおみ》クンに四球《しきゅう》。よしよしっ。ノーアウト満塁《まんるい》で、水尾《みずお》さん登場《とうじょう》だ！

このすらりとした二枚目《にまいめ》が、なんで、あんなにボールを遠《とお》くに飛《と》ばせるのかふしぎよ。アーモンド型《がた》の目《め》をすっきり見張《みは》って静《しず》かに打席《だせき》にはいった水尾《みずお》さん。カッコいいッ。

アリゲーターズの応援席《おうえんせき》で、緑《みどり》のワニの旗《はた》がバタバタとゆれている。

「ファイトォー！　水尾《みずお》さーん！」

エッちゃんとユミッペのデカい声援《せいえん》。

ジャンボ小海《こうみ》は、コントロールがみだれている。ボールが三つ続《つづ》き、ストライクを取《と》りにいった四球目《きゅうめ》、水尾《みずお》さんは、スカーッとボールを飛《と》ばした。伸《の》びる。伸《の》びる。左中間《さちゅうかん》。レフトもセンターも追《お》いつかない。わたしは夢中《むちゅう》で走《はし》った。石原《いしはら》クンに続《つづ》いてホームをふみ、塩見《しおみ》クンをむかえいれる。水尾《みずお》さんはサードにすべりこんだ。三塁打《さんるいだ》。一点差《てんさ》。

「ボーッ、ボーッ、ボーッ。」

わたしたち五年生《ねんせい》三人《にん》は、ホームベースのまわりで、手《て》をたたいて大騒《おおさわ》ぎした。

ライバルの水尾《みずお》さんに打《う》たれて、頭《あたま》がキレたらしいジャンボ小海《こうみ》は、また四球《しきゅう》二つで満塁《まんるい》にして、三振《さんしん》を一つ取《と》った後《あと》、川辺《かわべ》さんにヒットを打《う》たれた。二点追加《てんついか》。逆転《ぎゃくてん》だあ！

七回《かい》の表《おもて》、マンボウズの大《だい》エースから、まさかの五点《てん》を奪《うば》って、一点《てん》リードでむかえた裏《うら》の守《まも》り。ここを〇点《てん》におさえれば、アリゲーターズが夢《ゆめ》にまで見《み》た優勝《ゆうしょう》。わたしは、祈《いの》るような気持《きも》ちで、ライトのポジションに立《た》っていた。塩見《しおみ》クン、がんばれ！

打順《だじゅん》は一番《ばん》から。春《はる》の大会《たいかい》の盗塁王《とうるいおう》の長野《ながの》さん。曲者《くせもの》。わたしはイヤな気《き》がした。ピッチャーなら、だれでもこういう打者《だしゃ》はイヤだと思《おも》う。力《りき》むなよ、塩見《しおみ》クン、四球《しきゅう》だけは出《だ》したらダメ。でも、投手《とうしゅ》は四つも投《な》げる必要《ひつよう》がなかった。長野《ながの》さんは初球《しょきゅう》をセーフティー・バントする。ピッチャーとファーストの間《あいだ》。塩見《しおみ》クンが取《と》って、まにあわないのに一塁《いちるい》に投《な》げる。暴投《ぼうとう》。カバーにはいった水尾《みずお》さんがジャンプしたけどとどかず、わたしは、あわててボールを追《お》いかけた。水尾《みずお》さんにボールを返《かえ》した時《とき》、長野《ながの》さんはもうサードベースをまわりかけていた。ノーアウト三塁《さんるい》！

そして、スクイズを警戒《けいかい》して、二番《ばん》打者《だしゃ》を歩《ある》かせた塩見《しおみ》クンは、まるっきりストライクが入《はい》らなくなってしまった。三番《ばん》もストレートの四球《しきゅう》。ノーアウト満塁《まんるい》。まるで、表《おもて》の攻撃《こうげき》をそのままやり返《かえ》されているようだった。小海《こうみ》さんは、今日《きょう》ここまでヒット二本《ほん》。もう一本《ぽん》出《で》たら、ゲームセット、サヨナラ負《ま》けだ。

監督《かんとく》と内野手《ないやしゅ》がマウンド会議《かいぎ》。わたしは、胸《むね》がバクバクした。リリーフがあるかしら？

でも、これまでの塩見《しおみ》クンは絶好調《ぜっこうちょう》だった。決勝戦《けっしょうせん》の最終回《さいしゅうかい》。背番号《せばんごう》1のエースは、みんなに見《み》つめられて下《した》を向《む》いていた。塩見《しおみ》クンにまるで似合《にあ》わないスタイル。

やがて、さっと顔《かお》をあげて、こちらをふりかえり、「ヤナギー！」と呼《よ》んだ。わたしはマウンドに向《む》かってあたふた走《はし》った。塩見《しおみ》クンは、わたしにボールを手《て》わたして言《い》った。

「おい、おまえ、投《な》げてくれるか？」

塩見《しおみ》クンは今度《こんど》は命令口調《めいれいくちょう》で言《い》った。

「おまえならストライクが取《と》れる。俺《おれ》は小海《こうみ》さんに二本《ほん》打たれてる。おまえは投《な》げてみなきゃわかんないよ。投《な》げろ。」

一言一言力《ひとことひとことちから》のこもった言葉《ことば》に、わたしはぐっと深呼吸《しんこきゅう》した。

「いけよ。打《う》たせろ。俺《おれ》たちで守《まも》るから。」

水尾《みずお》さんがわたしの肩《かた》をたたいた。わたしは、受《う》けとったボールをぎゅっとにぎる。大《おお》場《ば》監督《かんとく》の顔《かお》をあおぐと、唇《くちびる》をひきしめて大《おお》きくうなずいた。塩見《しおみ》クンは、もう山本《やまもと》さんからミットやマスクを渡《わた》されてつけはじめている。山本《やまもと》さんは、わたしのいたライトに走《はし》っていく。

わたしはマウンドに立《た》って投球練習《とうきゅうれんしゅう》をはじめた。パパの顔《かお》をさがした。ベンチにいる。アリゲーターズのユニフォーム、まじめな顔《かお》でゆっくりうなずいてみせる。

ねえ、パパ。大舞台《おおぶたい》だね。こんなこと、想像《そうぞう》してみた？　信《しん》じられる？　でも、やらなくちゃね。ううん、やってみせるわ！

小海《こうみ》さんがニタニタしてる。柳二葉《やなぎふたば》をナメた顔《かお》。女《おんな》の子《こ》がリリーフにたつウチのチームをナメくさった顔《かお》。ょォし。見《み》とれよ。背番号《せばんごう》11の左腕《さわん》のチカラを見《み》せてやるぞ。

この強打者《きょうだしゃ》は強引《ごういん》なタイプだ。ストライクだろうがボールだろうが、高《たか》めの球《たま》は全部《ぜんぶ》振《ふ》る。ぶっとい腕《うで》で力《ちから》ずくのヒットにする。わたしはマウンドから、打席《だせき》のジャンボ小《こ》海《うみ》をじっくり観察《かんさつ》した。打《う》ち気《き》まんまん。リリーフ投手《とうしゅ》の一球目《きゅうめ》をねらってるな。よし。

わたしは、塩見《しおみ》クンに合図《あいず》する。高《たか》めにいくぞ。

ジャンボ小海《こうみ》の首《くび》のあたりへ、内角高《ないかくたか》めのくそボールをゆるーく投《な》げる。ヤツは台風《たいふう》のような空《から》ぶりをした。よし。ストライク1。小海《こうみ》さんのムカつき顔《かお》。もうひとつ空《から》ぶりが取《と》れるかしら？　今度《こんど》は外角低《がいかくひく》めに速《はや》いボール。ストライクじゃないけど、小海《こうみ》さんは空《から》ぶってくれる。よし。もう一度同《いちどおな》じ球《たま》。今度《こんど》は振《ふ》らない。小海《こうみ》さんの顔《かお》つきがマジになってきた。カウント2―1。これからが勝負《しょうぶ》。

わたしは低《ひく》めぎりぎりのストライクをねらった。コースまではねらえない。真《ま》ん中《なか》でもうんと低《ひく》かったら、ヒットは出《で》ないはず……。三塁線《さんるいせん》にゴロのファール。もう一度《いちど》内角《ないかく》のくそボールを投《な》げたくなったけど、塩見《しおみ》クンが首《くび》をふった。ミットを低《ひく》めにかまえる。そうね。低《ひく》めのストライクだね。それしかない。小海《こうみ》さんは、すくいあげるような、すごいアッパースイングをした。フライだ。高《たか》いフライ。やばい。外野《がいや》まで飛《と》んだら、タッチアップで同点《どうてん》にされる。高《たか》い高《たか》いフライ……。

「まかせろ!」

水尾《みずお》さんの声《こえ》。横走《よこばし》りして、ショートを押《お》しのけるようにして立《た》ち止《ど》まる。最後《さいご》は後《うし》ろにたおれそうになって、がっちりキャッチ。ナイス・プレー。ワン・ナウト! バッテリーはほうっと息《いき》をついた。でも、まだ満塁《まんるい》。ちょっとも気《き》はぬけない。

五番真田《ばんさなだ》さんの二球目《きゅうめ》だった。キャッチャー塩見《しおみ》が、ボールをはじいて一瞬見失《いっしゅんみうしな》う。足《あし》じまんのサードランナーの長野《ながの》さんが、一気《いっき》にホームに突《つ》っこんでくる。わたしはカバーに走《はし》った。塩見《しおみ》クンは自分《じぶん》の真後《まうし》ろのボールをつかんでホームベースにダイビング。長野《ながの》さんがキャッチャーミットをける。勢《いきお》いあまってひざが、マスクをはずした塩見《しおみ》クンの顔《かお》をこづく。それでも、キャッチャーはボールを離《はな》さない。アウト！　アウト！　すばやく体《からだ》を起《お》こし、二《に》、三塁《さんるい》に進《すす》んだランナーを目《め》で牽制《けんせい》する。そして、タイムをとった。塩見《しおみ》クンはこづかれた左目《ひだりめ》をこすり、長野《ながの》さんにうきうきと声《こえ》をかけた。

「え？　タマをねらうんじゃなかったっけ？」

「わざとじゃないぜ。」

長野《ながの》さんの礼儀正《れいぎただ》しい返事《へんじ》に、塩見《しおみ》クンはキキキと笑《わら》った。

「おーし！　あと一人《ひとり》ッ！」

塩見《しおみ》クンにボールを投《な》げるのは最高《さいこう》だ。彼《かれ》はキャッチャーとしては、まだ半人前《はんにんまえ》かもしれないけれど、それでも、だれよりいい。すすんで、ボールを渡《わた》してくれたからかもしれない。ピッチャーはどんなときでもマウンドをおりたくない。春《はる》の大会《たいかい》の時《とき》の塩見《しおみ》クンのむくれ顔《がお》は、しっかり覚《おぼ》えてるよ。もちろん、チームプレー。でも、塩見《しおみ》クンはわたしを信頼《しんらい》してくれたんだよね。うれしいよ。何《なに》よりうれしい。

ツー・アウト、二《に》、三塁《さんるい》。

きっとこの打者《だしゃ》を打《う》ち取《と》れる。わたしたちバッテリーなら、きっと点《てん》をやらずに、あと一つアウトが取《と》れる。プレートのむこうの塩見《しおみ》クンの姿《すがた》が、一瞬《いっしゅん》パパにだぶった。パパ――柳大介《やなぎだいすけ》も、ボールをママに渡《わた》して、すすんでマウンドを降《お》りた勇気《ゆうき》ある〝投手《とうしゅ》〟だった。自分《じぶん》に力《ちから》がないから〝捕手《ほしゅ》〟をやるんじゃない。一番《いちばん》、力《ちから》の出《だ》せる形《かたち》を作《つく》るために、それぞれの役割《やくわり》を決《き》めて、それぞれががんばる。

わたしはボールを投《な》げた。塩見《しおみ》クンががっちり受《う》けた。

「ストライク！」

パパとママのやり方《かた》、生《い》き方《かた》が、頭《あたま》じゃなくて、身体中《からだじゅう》でわかった気《き》がする。

「ストライク！」

塩見《しおみ》クンはいきなり三塁《さんるい》に送球《そうきゅう》した。うなるような牽制球《けんせいきゅう》。じりじりとホームに寄《よ》っていた三塁《さんるい》ランナーはあわをくってベースに飛《と》びついた。ランナーの手《て》とサードのグラブがぶつかる。クロスプレーの連続《れんぞく》にグラウンド中《じゅう》が息《いき》をつめた。審判《しんぱん》のコールはアウト！　牽制《けんせい》アウト。スリー・アウト。ゲームセット。五対《たい》四。アリゲーターズの優勝《ゆうしょう》だ！

みんながマウンドに向《む》かって駆《か》けてきた。塩見《しおみ》クンが、水尾《みずお》さんが、川辺《かわべ》さんが、石原《いしはら》クンが、山本《やまもと》さんが、大場監督《おおばかんとく》が、パパが！

勝《か》った！　勝《か》ったね！　みんなで勝《か》った！

翌週《よくしゅう》の日曜《にちよう》の午後《ごご》、アリゲーターズの優勝祝賀《ゆうしょうしゅくが》パーティーが、ラーメン屋《や》『楽々亭《らくらくてい》』で開《ひら》かれた。チームのベテラン・コーチでもある楽々亭《らくらくてい》のオヤジは、ギョーザ、シューマイ、チャーシュー、チャーハン、ワンタン、etc《エトセトラ》を、山盛《やまも》り作《つく》ってくれる。

大人《おとな》はビール、子《こ》どもはコーラで乾杯《かんぱい》！

貸切《かしき》りのせまい店内《てんない》は、もう満員《まんいん》。ママもおネエもユミッペもエッちゃんもいる。

「やっぱり、あんたは、まちがいなく男《おとこ》に見《み》えるわ」

ユミッペは、優勝旗《ゆうしょうき》や表彰状《ひょうしょうじょう》を持《も》って、高学年《こうがくねん》チーム全員《ぜんいん》でうつした記念写真《きねんしゃしん》を見《み》ていた。旗《はた》をささえて後列《こうれつ》ですましている水尾《みずお》さん。前列《ぜんれつ》で表彰状《ひょうしょうじょう》をかかえ、がにまたでしゃがんでいる塩見《しおみ》クン。わたしは、その横《よこ》に、似《に》たようながにまたですわり、歯《は》をむきだして、最大級《さいだいきゅう》のニカニカ笑《わら》いを見《み》せている。

「ハンサムだろ？」

わたしは聞《き》いた。

「投《な》げてる時《とき》は、そりゃあカッコよかったけど、この写真《しゃしん》はバツよ。あんた、笑《わら》わないほうがいいわ。」

ユミッペはきっぱりと言《い》った。

男《おとこ》に見《み》えようが女《おんな》に見《み》えようが、わたしはまったくどうでも良《よ》かった。この写真《しゃしん》の子《こ》どもたちは、みんな、めいいっぱいハンサムにとれていると思《おも》うの。だって、本当《ほんとう》に幸《しあわ》せそうだもの。おすましの水尾《みずお》さんですら、目《め》がぱっちり笑《わら》っているもの。

十三人《にん》のハンサム・ボーイ。

たった一人《ひとり》のハンサム・ガール。

「ねえねえ、見《み》てよ。カップルしちゃってさ。」

ユミッペがささやく。水尾《みずお》さんとエッちゃんがシューマイをかじりながら二人《ふたり》でしゃべっている。水尾《みずお》さんの笑《わら》い方《かた》はぎこちない。照《て》れてるのがミエミエでおもしろいったら。

ウチのパパとママもカップルしていた。パパは一番《いちばん》きれいなG《じー》パンに、おろしたてのスポーツセーター。ママは『信号機《しんごうき》』。イタリアンブランドだかなんだか知《し》らないけど、赤《あか》黄青《きあお》のチェックのニットワンピよ。ハデなんだから！ パパがママにチャーハンをよそってあげる。ママはごきげんでビールを飲《の》んでる。

「二葉《ふたば》のママとパパって仲《なか》いいね。」

ユミッペは、うらやましそうに言《い》う。

「なんか、最先端《さいせんたん》って感《かん》じじゃん？」

「ま、ね。」

とわたしは簡単《かんたん》に答《こた》えた。

ママが、今《いま》は見《み》かけほど『キャリア・ウーマン』じゃなくなっていること。パパが保母《ほぼ》試験《しけん》に受《う》かるまで何年《なんねん》かかるかわからないこと。BF《ボーイフレンド》の直《なお》チャンを連《つ》れてきてとママにリクエストされたおネエが、絶対《ぜったい》イヤだと一人《ひとり》で来《き》てメシだけ食《く》ってさっさと帰《かえ》ったこと。

ウチは悩《なや》みが多《おお》い。ケンカのタネも多《おお》い。『最先端《さいせんたん》』はむずかしいのだ。


「こら！　塩見《しおみ》！　酒《さけ》はいかん！」

塩見《しおみ》クンがビールのコップで一気《いっき》をやろうとして、大場監督《おおばかんとく》にゲンコをくってる。彼《かれ》はふざけた千鳥足《ちどりあし》で、こっちによたよたと歩《ある》いてきた。

「よっ。ヤナギッ。飲《の》んでっか？」

「わたしは、食《く》ってるよ。」

「そうかよ。」

目《め》が合《あ》った。なんだかドキリとした。悪《わる》がき塩見《しおみ》が、一瞬《いっしゅん》、中学生《ちゅうがくせい》のような年上《としうえ》に見《み》えたんだ。コーラに酔《よ》っぱらったかな。いやだな。ドキドキするよ。

「ほら、両《りょう》エース。写真《しゃしん》をとってやるよ。」

楽々亭《らくらくてい》がカメラ片手《かたて》にやってきた。

塩見《しおみ》クンは、なにげなく、右手《みぎて》でわたしの左手《ひだりて》をとって、バンザイ・ポーズをとった。彼《かれ》の右手《みぎて》。わたしの左手《ひだりて》。どちらも、ボールをにぎる手《て》だ。塩見《しおみ》クンのほうが、少《すこ》し体温《たいおん》が高《たか》い。あつい手《て》。

「俺《おれ》よ、甲子園《こうしえん》のヒーローになって、バッチバッチ写真《しゃしん》をとってもらうんだぜ。」

と塩見守《しおみまもる》が言《い》った。高校生《こうこうせい》か……。男《おとこ》の子《こ》をたまらなくうらやましく思《おも》うのはこういう時《とき》。

「じゃあ、わたしはマネージャーやるか……。」

ため息《いき》をつくようにポソリと言《い》うと、

「むかねえよ。」

と返事《へんじ》。楽々亭《らくらくてい》がシャッターを切《き》る。なぜかあちこちから拍手《はくしゅ》がおきる。塩見《しおみ》クンは、まわりを無視《むし》して、まじめな顔《かお》でわたしのほうをむいた。

「女《おんな》だけのチームでもがまんしろって。野球《やきゅう》は続《つづ》けろよ。ぜったいピッチャーな。」

「ピッチャー。」

「そ、夏《なつ》に女子《じょし》野球《やきゅう》の全国大会《ぜんこくたいかい》とかあるからよ、おまえが投《な》げて優勝《ゆうしょう》しろ。俺《おれ》は甲子園《こうしえん》の優勝投手《ゆうしょうとうしゅ》になる。それで、さっきみたいな写真《しゃしん》をとってスポーツ新聞《しんぶん》のトップをかざるの。」

塩見《しおみ》クンはニッカリ笑《わら》った。

「よくない？」

「イ、いいけどさ……。」

わたしは、まごついた。また胸《むね》がドキドキしてくる。

「それで、コメントな。」

塩見守《しおみまもる》は、未来《みらい》の話《はなし》を続《つづ》ける。

「俺《おれ》たちは、ムカシ、少年野球《しょうねんやきゅう》チームでバッテリー組《く》んでました。」

「右《みぎ》と左《ひだり》のエースでしたッ。」

わたしもノッてきて言《い》った。

「二人《ふたり》で投《な》げて優勝《ゆうしょう》しましたッ。」

「チームの名前《なまえ》は?」

と塩見《しおみ》クン。

「アリゲーターズ!」

とわたし。

ボーッと塩見《しおみ》クンはさけんだ。ボーッとわたしもわめいた。ボーッ、ボーッと、楽々《らくらく》亭《てい》のあちこちで、アリゲーターズのおたけびがにぎやかにわきおこった。

森《もり》本《もと》えみちゃん

ときありえ

六月《がっ》〜七月《がっ》　森本《もりもと》えみちゃん

あたしと森本《もりもと》えみちゃんとは、親友《しんゆう》だと思《おも》っていたけど、そう思《おも》ってただけなんだな、ってことが、つい最近《さいきん》わかった……そらね！　ハナからこんな重大《じゅうだい》なこと、書《か》いちゃった。こんなこと、班《はん》ノートに書《か》けると思《おも》う？　もちろん、森本《もりもと》えみちゃんにもいってない。

あたしの十一年《ねん》の生涯《しょうがい》で——生涯《しょうがい》っていわないか？　なんか、もう死《し》んじゃったみたいだものね——でも、あたしの中《なか》で、まるでなにかがほんとうに死《し》んじゃったみたいに、がっくりきたのよ。

はじまりは……「おわりの会《かい》」だった！　おわりの会《かい》ってのは、授業《じゅぎょう》のあと、そうじの前《まえ》にやる、その日《ひ》の報告会《ほうこくかい》みたいなもの。

山川先生《やまかわせんせい》が、ニコニコしながらいった。山川先生《やまかわせんせい》っていうのは、お母《かあ》さんよりちょっと年配《ねんぱい》の女《おんな》の先生《せんせい》で、はきはきしていて、感《かん》じがいいので、けっこう評判《ひょうばん》がいい。

「理科《りか》で、昆虫《こんちゅう》の変態《へんたい》について、いろいろ勉強《べんきょう》してきましたが、こんど、先生《せんせい》の知《し》り合《あ》いから、蚕《かいこ》がもらえることになりました。よく世話《せわ》ができて、家《いえ》の近《ちか》くに桑《くわ》の木《き》がある人《ひと》は、あした、いれものをもってらっしゃい。放課後《ほうかご》、教室《きょうしつ》に置《お》いときますから、みんなでわけるといいわ」

そして、「飼《か》いたい人《ひと》は、だいたい何人《なんにん》?」と聞《き》いた。

十人《にん》くらいが、手《て》をあげた。男子《だんし》が三人《にん》に、女子《じょし》が六、七人《にん》。

「——はい。わかりました。すると、ひとりあたり三、四匹《ひき》ね」

先生《せんせい》は、そういって軽《かる》くうなずいた。

もちろん、あたしも手《て》をあげたわよ。あたし、虫《むし》飼《か》ったりするの、大《だい》すき。さくらちゃんは、去年《きょねん》の秋《あき》から、すきじゃなくなったみたいだけど。

去年《きょねん》の秋《あき》、さくらちゃんが、どっかから鈴虫《すずむし》をもらってきて、その鈴虫《すずむし》は、そりゃ、いい声《こえ》で鳴《な》いたの。ところが、そのうちの一匹《ぴき》が、知《し》らないうちに、虫《むし》かごからにげだしてたのね。夜《よる》、寝《ね》るとき、さくらちゃんが、「……やだ、いまごろ蚊《か》!」っていって、ぴしゃっとやったら、それが鈴虫《すずむし》だった。

さくらちゃんは、「きゃーっ!」とさけんで——とりあえず、ゴキブリじゃなかったのは、ラッキーだったけど——以来《いらい》、さくらちゃんは、虫《むし》っていうとそのときの感覚《かんかく》がよみがえって、ぞーっとしちゃうんだって。

あたしは、ぜんぜんぞーっとしない。あたしの蚕《かいこ》が桑《くわ》の葉《は》を食《た》べて、どんどん育《そだ》って、何回《なんかい》も脱皮《だっぴ》して、最後《さいご》にきれいなまゆをつくって、そしたら、一こだけ残《のこ》して、あとのまゆを草木染《くさきぞめ》でそめて、それから、それから……！　夢《ゆめ》は、はてしなくふくらんだの。

つぎの日《ひ》、あたしは、ようかんの空箱《あきばこ》をもって、いさんで学校《がっこう》に出《で》かけた。いつもの道《みち》で、森本《もりもと》えみちゃんに会《あ》うと、えみちゃんも、透明《とうめい》パックにラップをかぶせて、ぷつぷつあなを開《あ》けたやつをもっている。あたしとえみちゃんは、箱《はこ》とパックをかざして、思《おも》わず、ふふふ！　って笑《わら》っちゃった。

そして、その日《ひ》の午後《ごご》、あたしの親指《おやゆび》に災難《さいなん》がふりかかったの……。

五、六時間目《じかんめ》は、二時間《じかん》つづきの図工《ずこう》の時間《じかん》で、みんなは工作室《こうさくしつ》で「ともだちの顔《かお》」っていうボール紙版画《がみはんが》を彫《ほ》っていた。あたしのは、えみちゃんの横《よこ》むきの顔《かお》なんだけど、髪《かみ》の毛《け》を彫《ほ》っているとき、ふと、いやな予感《よかん》がした。……彫刻刀《ちょうこくとう》で、指切《ゆびき》ったらまずいな。つぎのしゅんかん、つるっと手《て》がすべって、見《み》ると、左手《ひだりて》の親指《おやゆび》の内側《うちがわ》が、スパーッと切《き》れていた。

それほどいたくなかったけど、血《ち》がぶわっと出《で》てきたから、立《た》ちあがって、「先生《せんせい》、指《ゆび》、切《き》っちゃった！」といったら、図工《ずこう》の木田先生《きだせんせい》が、机《つくえ》のあいだをぬって、ばたばたやってきた。

木田先生《きだせんせい》っていうのは、背《せ》が低《ひく》くて、天然《てんねん》パーマで、黒《くろ》ぶちの眼鏡《めがね》をかけていて、なぜかいつも急《いそ》いでいて、しょっちゅう、おしりのポケットにぶらさげたタオルで、汗《あせ》ふいてる先生《せんせい》。

「あれっ。これ、かなり切《き》れてる！　これ、病院《びょういん》にいかないと、だめかもしれない！」

木田先生《きだせんせい》が、おどろいた声《こえ》でいった。それを聞《き》いて、あたしもびっくりしちゃった。みんなが、なんだなんだってよってきた。机《つくえ》の上《うえ》にぽたぽた血《ち》がたれて、だれか男子《だんし》が、「ぎょっ、ホラーッ！」なんてムリっぽい冗談《じょうだん》いったけど、だれも笑《わら》わなかった。

木田先生《きだせんせい》は、だだだっと走《はし》って、ティッシュペーパーの箱《はこ》をとってくると、一センチくらいの厚《あつ》さに、なかみをバッとひったくって、切《き》れた親指《おやゆび》にあてた。そして、その上《うえ》を、例《れい》のタオルでぐるぐる巻《ま》きにして、タオルの上《うえ》から、親指《おやゆび》をぎゅっと押《お》さえた。

そのとき、はじめてものすごくいたかったので、「いたいっ！」とさけんだら、先生《せんせい》が、

「だいじょぶ、だいじょぶ！」と、あせった声《こえ》を出《だ》した。おでこに汗《あせ》がふきだしてたけど、ふくわけにはいかないわ。だって、タオル、あたしの手《て》に巻《ま》いてくれちゃったから！

……ってわけで、あたしのほうは、先生《せんせい》のおでこなんか観察《かんさつ》して、けっこう冷静《れいせい》だった。

保健室《ほけんしつ》で、養護《ようご》の春山先生《はるやませんせい》が、タオルとティッシュを開《あ》けてみると、あたしの親指《おやゆび》は、はじめ白《しろ》っぽくて、つぎにじわーっと血《ち》がわいてきた。

「ほんとだ。けっこう切《き》れてますね。いちおう、病院《びょういん》にいったほうがいいみたいね。木《き》田先生《だせんせい》。わたくし、つきそいますから」

春山先生《はるやませんせい》が、すてきな銀髪《ぎんぱつ》をかきあげながらいった。そこで、あたしと春山先生《はるやませんせい》は、すぐ近《ちか》くの高山外科病院《たかやまげかびょういん》まで歩《ある》いていった。

病院《びょういん》でみてもらって、また、学校《がっこう》の保健室《ほけんしつ》にもどってくると、保健室《ほけんしつ》にお母《かあ》さんがいたので、おどろいちゃった。あたしの手《て》には、けっこうハデにほうたいが巻《ま》かれていて、お母《かあ》さんもびっくりしたみたい。

「彫刻刀《ちょうこくとう》で、こう、スパーッとやったようでね。けっこう深《ふか》くて、心配《しんぱい》しましたが、だいじょうぶ。これくらいなら、縫《ぬ》わなくてもくっつきますって。わざわざお母《かあ》さんをおよびだてするには、およばなかったようで……」

春山先生《はるやませんせい》の言葉《ことば》に、お母《かあ》さんはすっかり安心《あんしん》して、なんどもお礼《れい》をいって、「さて、六時間目《じかんめ》はどうしましょう?」ってことになった。

あたしは、もどってもよかったんだけど、でも、どうせこの手《て》じゃなんにもできないし、だれかが、ランドセル保健室《ほけんしつ》まで運《はこ》んできてくれているし、やっぱり親指《おやゆび》はかなりじんじんするから、「きょうのところは、このまま帰《かえ》ったら?」ということになった。

帰《かえ》る道々《みちみち》、お母《かあ》さんがいった。

「きょうは仕事《しごと》の予定《よてい》だったけど、印刷所《いんさつじょ》の都合《つごう》で、とりやめになったの。とりやめでよかった。まったく、あんたったら、ほんと心配《しんぱい》させるんだから」

お母《かあ》さんは、月《つき》に十日《とおか》くらい、時刻表《じこくひょう》の校正《こうせい》の仕事《しごと》で都心《としん》に出《で》かけていく。きょうがその日《ひ》だったらしいけど、また、先方《せんぽう》の都合《つごう》でかわったみたい。

それから、お母《かあ》さんは、「一小《いちしょう》の図工《ずこう》の専科《せんか》の木田《きだ》ですが——」とか、「こちら二中《にちゅう》の保《ほ》健室《けんしつ》ですが——」、なんていう電話《でんわ》が、どんなに心臓《しんぞう》に悪《わる》いか話《はな》した。

「ママは心臓強《しんぞうつよ》いなんていうけどね。これ聞《き》くと、いっしゅん、ちぢみあがるわよ。えっ、どした、どした!　って感《かん》じ……あーぁ。おてんば娘《むすめ》ふたりと、あのわけのわかんないボーッとした長男《ちょうなん》のために、あたしは、家《いえ》にしばられる――」

もし、このふたりのおてんばと、わけのわかんないボーッとしたのがいなかったら、お母《かあ》さん、いまごろは、キャラキラのキャリアウーマンだったって。そんなこといわれても、困《こま》るわよねぇ。もし、あたしが、べつのお母《かあ》さんの子《こ》どもだったら、あたしだって、いまごろは、ビッチビチの優等生《ゆうとうせい》だったはずですからね！

家《いえ》につくと、三人《にん》の子《こ》どものせいで、キャリアウーマンを棒《ぼう》にふったお母《かあ》さんは、それでも、やさしく紅茶《こうちゃ》をいれてくれた。

紅茶《こうちゃ》を飲《の》みながら、あたしは、ほうたいした左手《ひだりて》を、いろんな角度《かくど》からながめてみた。いたいたしくって、とっても、ステキ！　それに、みんなが授業《じゅぎょう》してるはずの時間《じかん》に、こうやって家《いえ》で紅茶《こうちゃ》を飲《の》んでるってのも、悪《わる》くないし……と、そこまで考《かんが》えて、あっ、と思《おも》いだした――放課後《ほうかご》、蚕《かいこ》をもらうんだった！

空箱《あきばこ》は、出窓《でまど》に置《お》いてきたんだわ。だって、みんなが、朝《あさ》、そこにならべてたから。あたしが、あわててお母《かあ》さんに説明《せつめい》すると、お母《かあ》さんが、あくびしながらいった。

「だいじょぶよ。箱《はこ》、置《お》いてきたんでしょ？　森本《もりもと》さんが、もってきてくれるわよ。でなけりゃ、あした、もらってくればいいし……」

あたしは、蚕《かいこ》といっしょに桑《くわ》の葉《は》もちゃんとあるかどうか、とても心配《しんぱい》だった。だって、もし、桑《くわ》がなかったら、あたしの蚕《かいこ》、あしたまでに飢《う》え死《じ》にしちゃうかもしれないじゃない！

「だいじょぶ、だいじょぶ。えみちゃん、もってきてくれるわよ」お母《かあ》さんが、もう一《いち》度《ど》、あくびをかみころしながらいった。心配《しんぱい》したから、眠《ねむ》くなったんだって。あたしは、本棚《ほんだな》から『虫《むし》のふしぎ』って本《ほん》を取《と》りだして、それを読《よ》みながら、森本《もりもと》えみちゃんをまった。

夕方《ゆうがた》になって、ようやくえみちゃんがやってきた。さすが親友《しんゆう》！　って感《かん》じで、すっごくうれしかった。あたしがようかんの箱《はこ》を開《あ》けると、桑《くわ》の葉《は》っぱのあいだに、一、……二、……三匹《びき》。そして、葉《は》の裏側《うらがわ》に四匹目《ひきめ》。白《しろ》くてかわいいのが、もぞもぞ蠢《うご》めいている。うわァ、あたしの蚕《かいこ》！

あたしが「ありがとう！」というと、えみちゃんは、なぜかスッと目《め》をそらした。あたしは、『あっ、そうか！』と思《おも》って、わざとほうたいの手《て》をひらひらさせて、「これね、けっきょく、縫《ぬ》わなかったの。ぜんぜんへいきよ。もちろん、あしたは学校《がっこう》へいけるし」といった。

ほら、ふだん仲《なか》いい子《こ》でも、なんか特別《とくべつ》のことがその子《こ》に起《お》こると、いっしゅん、その子《こ》が遠《とお》くなった感《かん》じがするでしょ？　いつか、赤松《あかまつ》さんが足《あし》を折《お》って、松葉《まつば》づえで学校《がっこう》にきたとき、あたしは、ちょっと恐《こわ》い気《き》もして、しばらく近《ちか》よりがたかった。

「いたくない？　だいじょうぶ？」えみちゃんが、心配《しんぱい》そうに聞《き》いた。あたしは、「へいき、へいき！」といって、もっといきおいよく手《て》をひらひらさせた。すると、いきなりズキンときて、思《おも》わず「アタッ！」て顔《かお》をしかめたら、えみちゃんがくすっと笑《わら》って、あたしもくすっと笑《わら》って、それから、ふたりいっしょに、アハハハと笑《わら》って。そして、えみちゃんは、うす暗《ぐら》くなった家《いえ》の前《まえ》の道《みち》を、手《て》をふりふり帰《かえ》っていったんだったわ……。

あくる日《ひ》、いつもより早《はや》く学校《がっこう》につくと、五《ご》ノ一《いち》の教室《きょうしつ》の窓《まど》ぎわで、学級委員《がっきゅういいん》の橘《たちばな》さんが、ひとりかいがいしく働《はたら》いていた。

「おはよう。なにしてるの？」あたしが声《こえ》をかけると、

「あ、なづかちゃん。手《て》、だいじょうぶ？」橘《たちばな》さんが、ふりかえってたずねた。

「うん。へいき」あたしは、ランドセルを机《つくえ》の上《うえ》にボンと置《お》いて、窓《まど》ぎわにいった。

出窓《でまど》のところに、空《から》の水《すい》そうが置《お》いてあって、底《そこ》に、とってきたばかりのみずみずしい

桑《くわ》の葉《は》がしいてある。中《なか》をのぞいたとたん、あたしは、思《おも》わず大声《おおごえ》をあげちゃった。

「――うわっ、大《おお》きい！　この蚕《かいこ》、すっごく大《おお》きいねぇ！」

キューリみたいに太《ふと》いっていったら、そりゃ、大《おお》げさだけど、でも、あたしの蚕《かいこ》の五倍《ばい》はあったわね。まっ白《しろ》い、ぶりんぶりんの蚕《かいこ》が四匹《ひき》、桑《くわ》の葉《は》の上《うえ》で、シャカシャカ葉《は》っぱを食《た》べていた。

「これは、五ノ一っていうか、あたしたちみんなの蚕《かいこ》だから、一番大《いちばんおお》きいやつにしたのよ。いちおう教材《きょうざい》だし、これからみんなで飼《か》うわけだから、やっぱし一番《いちばん》りっぱじゃないとね――あたし、蚕係《かいこがかり》なんだ。あたしと矢沢《やざわ》くん。ほら、うちの近《ちか》くの道《みち》に、大《おお》きな桑《くわ》の木《き》があるでしょ。毎日《まいにち》、新鮮《しんせん》な桑《くわ》を、責任《せきにん》もってとってこれるから。矢沢《やざわ》くんとこは、矢沢造園《やざわぞうえん》で……」

あたしは、「なるほど」と思《おも》った。そして、ちょっとだけ蚕《かいこ》をさわっていいかたずねた。

橘《たちばな》さんは、はじめしぶっていたけど、「ま、いいか。ちょっとだけなら」といって、さわらせてくれた。

あたしが、蚕《かいこ》の背中《せなか》を指《ゆび》でさわると、蚕《かいこ》は立《た》ちあがって、頭《あたま》を左右《さゆう》にぶりんぶりんふる。もう一度《いちど》やると、また、ぶりんぶりんふる。橘《たちばな》さんがやっても、やっぱり、ぶりんぷりんぷる。そのようすがおかしくて、ふたりして、ケラケラ笑《わら》っちゃった。

放課後《ほうかご》、あたしが橘《たちばな》さんちの近《ちか》くの桑《くわ》の木《き》の下《した》で、桑《くわ》の葉《は》をつんでいると、椎名《しいな》ゆうちゃんがやってきた。ゆうちゃんは、虫《むし》かごに蚕《かいこ》をいれて、肩《かた》からぶらさげている。

「いまね、蚕《かいこ》を、散歩《さんぽ》させてるの！」ゆうちゃんが、にっこり笑《わら》っていった。あたしは、蚕《かいこ》の散歩《さんぽ》だなんて、とてもおもしろいと思《おも》ったので、「では、ごほうびに、桑《くわ》の葉《は》一枚《まい》あげます！」といって、ゆうちゃんの虫《むし》かごに、つんだばかりの葉《は》をいれてあげた。

そのとたん、あっと息《いき》を飲《の》んだ――ゆうちゃんの蚕《かいこ》も、また、ずいぶん大《おお》きいじゃない！

学校《がっこう》のほどじゃないけど、どじょうインゲンくらいあって、ぷりんぷりんしたのが二匹《ひき》。あとの一匹《ぴき》は細《ほそ》いけど、でも、あたしののほうがもっと細《ほそ》い。

「蚕《かいこ》、どうやってわけたの？」あたしが小声《こごえ》でたずねると、「話《はな》しあいと、それから、ジャンケンだったでしょ？」ゆうちゃんが、なんでもない顔《かお》でいった。それから、「あ、なづかちゃん、早《はや》びけしたんだっけ？」と、つけくわえた。ゆうちゃん、あたしがどんな蚕《かいこ》もらったか、知《し》らないのね――。

「ね、なづかちゃん。これから、橘《たちばな》さんちにいって、橘《たちばな》さんの蚕《かいこ》、見《み》せてもらわない？」

ゆうちゃんがいった。あたしは、いっしゅん、気《き》が重《おも》くなったけど、いわれるままについていった。

橘《たちばな》さんの蚕《かいこ》は、そりゃ、りっぱだったわよ。もう、学校《がっこう》のとほとんどかわらないくらい。ぶりんぶりんが一匹《ぴき》に、ぷりんぷりんが二匹《ひき》。あたしのみたいにかわいそうなのは、葉《は》っぱのどこひっくりかえしたって、い・ま・せ・ん！

帰《かえ》り道《みち》に、森本《もりもと》えみちゃんの家《いえ》の前《まえ》を通《とお》った。あたしは、ますます気《き》が重《おも》くなって、よろうかどうしようかさんざん迷《まよ》ったけど、とうとう、「えーみーちゃん」て、声《こえ》をかけたの。

ガラガラッと庭《にわ》のガラス戸《ど》が開《あ》いて、えみちゃんが顔《かお》を出《だ》した。あたしは、なるたけ元《げん》気《き》な声《こえ》で、「ついでだから、桑《くわ》の葉《は》とってきてあげたよ。えみちゃんの蚕《かいこ》、見《み》せて！」とどなった。えみちゃんが「うん」とうなずいて、あたしは、ガラス戸《ど》から、えみちゃんの家《いえ》にあがった。

えみちゃんの蚕《かいこ》は、やや栄養不良《えいようふりょう》のどじょうインゲンくらいのが一匹《ぴき》と、それより少《すこ》し細《ほそ》いのが一匹《ぴき》、それに、あたしとおなじくらいのが一匹《ぴき》だった。

「かわいいねぇ……」あたしは——すごく暗《くら》い声《こえ》だったろうけど——いちおう、えみちゃんの蚕《かいこ》をほめた。「あたしのは、まだ、ちいちゃくて……」

「だいじょうぶ、すぐ追《お》いつくよ。多少《たしょう》、成長《せいちょう》にバラつきがあっても、すぐ、おなじになるんだって。先生《せんせい》がそういったって、橘《たちばな》さんがいってたもの」

えみちゃんが、真剣《しんけん》な顔《かお》でいった。あたしたちは、いっしゅんおたがいに見《み》つめあって、そして……なんとなくしんとしちゃった。

目《め》の前《まえ》に、橘《たちばな》さんのキューリ、っていうか、例《れい》のぶりんぶりんが、ポッとうかんで……消《き》えた。ほんと、すごいバラつき。あたしは、ほっとため息《いき》をついて、でも、それ以上《いじょう》なにもいわず、とってきた桑《くわ》をえみちゃんの蚕《かいこ》の下《した》にしいて、そして、とぼとぼ家《いえ》に帰《かえ》ったんだわ。

部屋《へや》で、ひとり、箱《はこ》の中《なか》の蚕《かいこ》を見《み》ていたら、じわーっと涙《なみだ》がにじんできた。あたしの蚕《かいこ》、あきれるほど小《ちい》さいじゃない……。

みんなして、一匹《ぴき》ずつ、いいやつ選《えら》んで。また、話《はな》しあいかジャンケンで、いいやつ選《えら》んで。また、いいやつ選《えら》んで。そうして、いっとう最後《さいご》に残《のこ》ったのが、この四匹《ひき》だったのね。だれも「そうだ。なづかちゃんの分《ぶん》、わけとかなきゃ」なんて、いいださなかった……。

ああ、あたしの蚕《かいこ》はあわれだな。そして、このあたしも、蚕《かいこ》とおなじくらいあわれ……。

あたしは、「よーくお食《た》べ。ぶりんぶりん太《ふと》れ」と、呪文《じゅもん》のようにいいながら、桑《くわ》の葉《は》を蚕《かいこ》にやった。蚕《かいこ》は、あのぶりんぶりんたちにくらべたら、もう「糸《いと》くず」といっていいくらいの体《からだ》を、さかんにくにゃくにゃさせて、いっしょうけんめい食《た》べた。すごく、いじらしい。

あたしが、もう一度《いちど》、じわーときた涙《なみだ》をふいたとき、お母《かあ》さんのまのぬけた声《こえ》がした。

「……なづか、ごはんよー。なにしてるのー？　早《はや》くおいでー」

あたしは、T《ティー》シャツのはしで、あわてて目《め》をこすった。そして、夜《よる》のガラス窓《まど》にむかって、「顔《かお》の体操《たいそう》」をした。顔《かお》の体操《たいそう》っていうのは、「アカンベー」とか、「ニコッとほほえむ」とか、「カーッと口《くち》を開《あ》ける」とか、そういうやつ。これをやると、顔《かお》の筋肉《きんにく》がもとにもどって、泣《な》いたなんてわからなくなるのよ。そして、晩《ばん》ごはんを食《た》べに、居間《いま》におりていったんだった。

……森本《もりもと》えみちゃん、親友《しんゆう》だったら、せめてぷりんぷりんの小《ちい》さいほうのやつ、くれたらよかったのに――。あたしだって、やっぱり大《おお》きいのがほしいし、それに、なんていうかなァ……蚕《かいこ》の大《おお》きさのことじゃなくて、あたしのこと忘《わす》れないで、たいせつに思《おも》ってくれる気持《きも》ち、はっきり見《み》たかったのよ。

だけど、この場合《ばあい》、そういう気持《きも》ちが形《かたち》になったのが、つまり、あのやや栄養不良《えいようふりょう》のぷりんぷりん、ってわけで――。だから、森本《もりもと》えみちゃん、やっぱり、あたしに小《ちい》さいほうのやつ、くれたらよかった……。

目《め》の前《まえ》に、えみちゃんの顔《かお》が、ぽっとうかんだ。五年《ねん》の始業式《しぎょうしき》の朝《あさ》、新《あたら》しいクラスにはいって、ま、だいたいが知《し》った顔《かお》だから、それほど心細《こころぼそ》くはなかったけど、でも、やっぱりなんとなくおちつかないでいるとき、えみちゃんのほうから、話《はな》しかけてきてくれたんだった。

四月《がつ》なのに雪《ゆき》がふって、校庭《こうてい》のすみに、雪《ゆき》が残《のこ》っていた。それをさして、えみちゃんたら、「あたし、一年生《ねんせい》のときにふった雪《ゆき》、冷蔵庫《れいぞうこ》にいれて、まだ、とってあるよ!」といった。あたしは、ぷっとふきだして、えみちゃんも、みつ編《あ》みゆすって笑《わら》って。それで、いっぺんに仲《なか》よしになったのよ。

あたしは、それまで特定《とくてい》の仲《なか》よしがいなかったので、とてもうれしかった。えみちゃんは、ときどき、すごくおもしろいことというし、あたしが、サイフをおとしたときも、暗《くら》くなるまでさがしてくれて……だけど……ふーっ。あたしは、大《おお》きなため息《いき》をついた。

さくらちゃんとケンカして、五時間《じかん》も家出《いえで》したとき、相談《そうだん》にのってくれた森本《もりもと》えみちゃん。マット運動《うんどう》がうまくいかなくて、残《のこ》されて練習《れんしゅう》したとき、寒《さむ》い体育館《たいいくかん》で、ずーっとまっていてくれた、森本《もりもと》えみちゃん。いきなりボールがとんできて、あたしの顔《かお》にバーンとあたって、右半分《みぎはんぶん》がまっ赤《か》になったとき、ハンカチで冷《ひ》やしてくれた、森本《もりもと》えみちゃん。親友《しんゆう》ならば……。

……でも、森本《もりもと》えみちゃん、もしかしたら、あたしにましなほうの蚕《かいこ》くれようとして、すごく悩《なや》んだのかもしれない。そういえば、あたしに蚕《かいこ》わたしたとき、すっと目《め》をそらしたもの！

あたしは、てっきり、ほうたいのせいだと思《おも》ってたけど、ほんとは、えみちゃん、あたしにちっちゃい蚕《かいこ》わたすの気《き》がひけて、それで、目《め》をそらしたのかもしれない。「成長《せいちょう》のバラつき」の説明《せつめい》では、すっごく真剣《しんけん》な目《め》をしてたし――。

もしかしたら、えみちゃん、うちにくる前《まえ》、透明《とうめい》パックと空箱《あきばこ》にらんで、必死《ひっし》に組《く》みあわせ、考《かんが》えてたのかもしれないわ。

　ぷりんぷりん（中《ちゅう》）一、糸《いと》くず二
　ぷりんぷりん（やや小《しょう》）一、糸《いと》くず三
にわけるべきか。
　ぷりんぷりん（中《ちゅう》）一、および、同《どう》（やや小《しょう》）一
　糸《いと》くず五《ご》
にするか。それとも、
　ぷりんぷりん（中《ちゅう》）一、および、同《どう》（やや小《しょう》）一、糸《いと》くず一
　糸《いと》くず四
でいくか、なんて……。
　それで、なかなかきまらなくて、あんなにおそくなったのよ。きっと。
　橘《たちばな》さんとか、力《ちから》のある人《ひと》むこうにまわして、ジャンケンと話《はな》しあいで、やっと手《て》にいれたぷりんぷりんだもの、手放《てばな》したくないにきまってるよね。あたしが、蚕《かいこ》をほしくてたまらないように、えみちゃんだって、ほしくてたまらなかったんだ……それだけのことよ！
　だから、あたし、「森本《もりもと》えみちゃんは親友《しんゆう》じゃない」ってあわててきめるの、やっぱり

やめにしよう。「親友《しんゆう》よ」って無邪気《むじゃき》にいいきるには、あたしの心《こころ》も、ちょっとばかり年老《としお》いたけど。でも、人間《にんげん》、だれだって、一日《にち》に二十四時間《じかん》ずつ年老《としお》いるんだわ。

……というわけで、心《こころ》のドラマはいろいろありましたが、べつにケンカしたわけじゃないし、えみちゃんにしても、必死《ひっし》で蚕《かいこ》の組《く》みあわせ考《かんが》えたりとか、かげの苦労《くろう》はきっとあったわけで、つまり、あたしは、やっぱり森本《もりもと》えみちゃんと一番仲《いちばんなか》がいい。

「成長《せいちょう》のバラつき」については、なにより、あたしの「かいがいしい世話《せわ》」でのりきる覚悟《かくご》だし。

だから、あたし、いまだって道《みち》で会《あ》えば、大声《おおごえ》で「えみちゃーん！」てよんで、そして、かけていくのよ。

解説

友だちのかたち

児童文学評論家《じどうぶんがくひょうろんか》　内川朗子《うちかわあきこ》

だれかと「友だちになった」と思えるのは、どういう時でしょうか。

はっきり思い出せる瞬間《しゅんかん》がある人もいれば、いつからと説明《せつめい》できないこともあります。決まった手《て》続《つづ》きや証明書《しょうめいしょ》はありませんから、苦手だった人がいつのまにか親しい友だちになっていたり、自分は友だちだと思っているけれど相手はちがうかもしれないと心配になったりもします。どこにでもあるようでそれぞれにちがう「友だち」という関係《かんけい》のかたちを、この本の四つのお話から考えてみたいと思います。

●魚住直子《うおずみなおこ》「Two Trains」（『Two Trains』学習研究社《がくしゅうけんきゅうしゃ》、二〇〇七年所収《しょしゅう》）

乗っている電車のすぐ隣《となり》に別《べつ》の電車が見えて、そちらの乗客と目が合うことがあります。でも声は届《とど》かず、とちゅうで止まることもできません。六年生のひなたが、週に一度ピアノ教室に行く電車でそんなふうにすれちがっていた美咲《みさき》と友だちになったのは、信号機故障《しんごうきこしょう》で電車が止まった時でした。一か月前に両親が別《わか》れて母親と祖父母《そふぼ》の家に移《うつ》り、まだ学校に友だちがいないひなたにとって、毎週美咲と駅で話すひとときは特別《とくべつ》な時間になります。美咲《みさき》も、まわりの都合で自分のことが決まる子どもの不《ふ》自由《じゆう》さを感じていました。

このお話は、主に学校の人間関係《かんけい》で思い悩《なや》む女の子の気持ちをあざやかにとらえ、二〇〇八年に第五十七回小学館児童出版文化賞《しょうがくかんじどうしゅっぱんぶんかしょう》も受賞した短編集《たんぺんしゅう》『Two Trains』の最後《さいご》にあります。ラストシーンで走り出す二台の列車と重なって見える、ふたりの未来《みらい》への意志《いし》が印象的《いんしょうてき》です。

魚住直子《うおずみなおこ》さんは、女の子の物語をたくさん書いていますが、二〇一〇年に第五十回日本児童文学者協会賞《にほんじどうぶんがくしゃきょうかいしょう》を受けた『園芸少年《えんげいしょうねん》』（講談社《こうだんしゃ》、二〇〇九年）は、まるで性格《せいかく》のちがう高校生男子三人がぐうぜんかかわった園芸部の活動をとおして親しくなります。また毎朝バス停《てい》で会う一年生の男の子とおじさんのお話『バスとロケット』（佼成出版社《こうせいしゅっぱんしゃ》、二〇〇六年）では、卒園《そつえん》した幼稚園《ようちえん》に戻《もど》りたい男の子と、定年退職《たいしょく》した会社に戻りたいおじさんが、おたがいの悩みに共感《きょうかん》をおぼえます。また別《べつ》の、友だちの可能性《かのうせい》を感じられる作品だと思います。

●岡田《おかだ》なおこ『ひなこちゃんと歩く道』（童心社《どうしんしゃ》、二〇〇二年）

友だちになるには、時間がかかることもあります。足が悪い転校生のひなこちゃんと同じ班《はん》になったさちは、思っていても言えないことが、たくさんあります。ひなこちゃんと歩く道はじれったいとか、班対抗《はんたいこう》のビーチボールバレーにひなこちゃんは参加《さんか》しないでほしい、とか……言いにくいことです。一方で、ひなこちゃんをまきこんでいろいろな思いつきを実行し、班の全員をこまった事態《じたい》におとしいれるのが、班長の「コバ」こと小林くん。みんなのひんしゅくをまったく気にしない態度《たいど》は、ある意味ですがすがしいほどです。

この作品で二〇〇三年に第四十三回日本児童文学者協会賞を受けた岡田なおこさんは、脳性《のうせい》まひによる四肢体幹障害《ししたいかんしょうがい》のため、子どもの頃《ころ》からしたいことができなかったり、まわりの人たちから誤解《ごかい》を受けることもあったそうです。そういう時に考えたことやしてきたことが、『なおこになる日』（小学館《しょうがくかん》、一九九八年）に収録《しゅうろく》されたエッセイに書かれています。

しょっちゅう迷惑《めいわく》をかけるコバをさちが非難《ひなん》すると、コバはいいヤツだと言うひなこちゃん。「コバって、ちょうしいいし、いいかげんだし、頭ヘンだし、いじわるもするけど、わたしのことぜったい仲間《なかま》はずれにしないから……」その言葉には、きっと作者の実感がこもっています。そのような班《はん》の変化《か》のなかで、他の子が言う「無理《むり》して親切にするよりさ、本当の気持ちをいうとね、ポンッと仲良《なかよ》くなれるよ」も、なるほどと思えてきます。

一九九二年第三十回野間児童文芸新人賞受賞《のまじどうぶんげいしんじんしょうじゅしょう》のデビュー作『薫ing《かおるイング》』（岩崎書店《いわさきしょてん》、一九九一年）など岡田《おかだ》さんの他の物語作品も、からりと自然《しぜん》な表現《ひょうげん》で飾《かざ》らない本音が伝《つた》わってくるようです。

●佐藤多佳子《さとうたかこ》『ハンサム・ガール』（理論社《りろんしゃ》、一九九三年）

二葉《ふたば》は野球が好《す》きな五年生の女の子。でも野球のチームは最低《さいてい》九人、試合《しあい》には相手チームも必要《ひつよう》です。監督《かんとく》やコーチもみな男性《だんせい》の中に入っていくのは、かんたんではありません。幼稚園《ようちえん》からの友だちでエース投手の塩見《しおみ》クンも女は野球なんかやるべきじゃないと言い、運動能力《のうりょく》やチームワークなどの要《よう》素《そ》が人間関係《かんけい》をさらに複雑《ふくざつ》にします。

その二葉が、両親に対しては、お母さんが家のことをしてお父さんが外で働《はたら》く「ふつうの両親」でいてほしいと思う気持ちをどう思うでしょうか。雑誌《ざっし》『小学五年生』（小学館一九九一年五月号〜一九九二年三月号）の連載《れんさい》をもとにし、一九九四年に第四十一回産経児童出版文化賞《さんけいじどうしゅっぱんぶんかしょう》・ニッポン放送賞なども受けたこの物語からは、家事をする男性や課長《かちょう》になる女性《じょせい》、野球をする女の子を「ふつうではない」と排除《はいじょ》する社会の雰囲気《ふんいき》がよくわかります。二〇一〇年代後半の今、当時二葉《ふたば》と同年齢《どうねんれい》だった子どもたちは、もうおとなになっています。登場人物たちの感じ方が今とちがうなあ、と思えるところがあったなら、それはきっとたくさんの二葉や二葉の両親のような人たちが、自分自身も含《ふく》めた世の中の「ふつう」に疑問《ぎもん》をもって、少しずつ変《か》えようとしてきたからではないでしょうか。それは、本当にすごいことです。現在《げんざい》「ふつう」とされていることだって、変えていくこともできるのです。

おとな向けの小説《しょうせつ》でも知られている佐藤多佳子《さとうたかこ》さんですが、一九九八年第三十八回日本児童文学者《にほんじどうぶんがくしゃ》協会賞《きょうかいしょう》などを受賞《じゅしょう》した『イグアナくんのおじゃまな毎日』（偕成社《かいせいしゃ》、一九九七年）は二葉と同じ五年生の女の子と家族の話。一家が押《お》しつけられた「ふつうではない」ペットは、しんどい世話ややっかいな騒動《そうどう》とともに、特別《とくべつ》な楽しみや人とのつながりをもたらすのです。

●ときありえ「森本えみちゃん」（『クラスメイト』文溪堂《ぶんけいどう》、一九九三年所収《しょしゅう》）

「あたしと森本えみちゃんとは、親友だと思っていたけど、そう思ってただけなんだな、ってことが、つい最近《さいきん》わかった……」どきりとする、始まりの文です。きっかけは、五年一組がもらった蚕《かいこ》の幼虫《ようちゅう》。クラスで分配する日に早退《そうたい》したなづかの分の幼虫を、森本えみちゃんは家まで届《とど》けてくれました。なづかはよろこびますが、その時のえみちゃんの態度《たいど》がなんだか気になります。幼虫を分けた時、なにがあったのでしょうか。

このお話は、なづかがクラスメイトについて書きとめたノートという形式の物語の一部です。他のクラスメイトたちとのエピソードにも、単純《たんじゅん》にはわりきれない葛藤《かっとう》や理屈《りくつ》に合わない感情《かんじょう》がかいま見えます。まわりの状況《じょうきょう》からなづかが想像《そうぞう》したえみちゃんの気持ちが、本当かどうかはわかりません。でもそうかもしれない、その気持ちもわかる、と思えるのではないでしょうか。ゆかいなハッピーエンドではないけれど、自分の中にも似たものがあるように思えてひきこまれ、同じ出来事の受けとめ方が少し変《か》わってくるかもしれません。友だちになる理由も、友だちになるまで、そしてなってからの道のりも、いろいろなことがあります。つまずいたりまよった時、ふだんなかなか見えない人の心の中をうつしだす物語にふれると、自分だけではないんだと少しほっとすることもありますよね。

ときありえさんは、小学校入学前の女の子が自分とそっくりなひみつの友だちと遊ぶお話『のぞみとぞぞみちゃん』（理論社《りろんしゃ》、一九八八年）で一九八九年に第二十二回日本児童文学者協会新人賞《にほんじどうぶんがくしゃきょうかいしんじんしょう》を受けています。こちらには、なつかしいような身近さを感じる人がいると思います。

クラスメイトを決めるのは学校ですが、友だちを決めるのは、自分自身と相手だけです。「こういう友だちっていいな」とか「こんな友だちも、ありかもしれない」と、友だちという関係《かんけい》のかたちや世界を広げるような物語に、たくさん出会えることを願《ねが》っています。

魚住直子《うおずみ・なおこ》

一九六六年、福岡県に生まれる。一九九五年『非・バランス』（講談社）で第三十六回講談社児童文学新人賞、二〇〇八年『Two Trains』（学習研究社）で第五十七回小学館児童出版文化賞、二〇一〇年『園芸少年』（講談社）で第五十回日本児童文学者協会賞受賞。作品に『クマのあたりまえ』（ポプラ社）、『いろはのあした』（あかね書房）、『いいたいことがあります！』（偕成社）などがある。東京都在住。

岡田なおこ《おかだ・なおこ》

一九六一年、東京都に生まれる。一九九一年『薫ing』（岩崎書店）で第三十回野間児童文芸新人賞、二〇〇二年『ひなこちゃんと歩く道』（童心社）で第四十三回日本児童文学者協会賞受賞。作品に『真夏のSCENE』（文溪堂）、『ふたりっ子』（岩崎書店）、『ノートにかいたながれ星』（講談社）、『誕生石はムーンストーン』（新日本出版社）、『なおこになる日』（小学館）などがある。東京都在住。

佐藤多佳子《さとう・たかこ》

一九六二年、東京都に生まれる。一九九四年『ハンサム・ガール』（理論社）で第四十一回産経児童出版文化賞・ニッポン放送賞、一九九八年『イグアナくんのおじゃまな毎日』（偕成社）で第三十八回日本児童文学者協会賞、第四十五回産経児童出版文化賞、翌年、第二十一回路傍の石文学賞、二〇〇七年『一瞬の風になれ』で第二十八回吉川英治文学新人賞、第四回本屋大賞受賞。作品に「シロガラス」（偕成社）などがある。東京都在住。

ときありえ

一九五一年、東京都に生まれる。一九八九年『のぞみとぞぞみちゃん』で第二十二回日本児童文学者協会新人賞受賞。作品に『ネコをひろったリーナとひろわなかったわたし』『リンデ』『海の銀河―幻想海洋小学校発』（以上、講談社）、『リコとふしぎな豆の木』（岩崎書店）、『ココの森のおはなし』（パロル舎）、『世界のむかし話　一年生～三年生』（偕成社）などがある。二〇一三年逝去。

日本児童文学者協会創立七十周年記念出版

「児童文学 10の冒険」刊行に寄せて

児童文学というジャンルは、大人の作者が子どもの読者に向けて語る、というところに特徴があります。そのため、時に押しつけがましく語り過ぎたり、時に大人の側の独りよがりになってしまったりするようなことも、なしとはしません。ただ、そこに児童文学を書くことの難しさやおもしろさもあり、わたしたちは読者である子どもたちと、そして自身の中にある「子ども」とも心の中で対話しながら、さまざまな作品を書き続けてきました。

このシリーズは、児童文学の作家団体である日本児童文学者協会が創立七十周年を迎えたことを記念して企画されました。先に創立五十周年記念出版として刊行された『『心』の子ども文学館』（全二十四巻、日本図書センター刊）に続くものです。協会が創立されたのは太平洋戦争敗戦後まもない一九四六年のことで、その時代とはもとより、『『心』の子ども文学館』が刊行された二十年前に比べても、大人と子どもとの関係は大きな変化を見せ、児童文学もさまざまに変貌しています。

主に一九九〇年代以降の、日本児童文学者協会の文学賞（協会賞・新人賞）の受賞作品や受賞作家の作品、そして同時代の他の文学賞の受賞作家の作品、長編と短編を組み合わせて一巻ずつを構成したこのシリーズを、わたしたちは、「児童文学 10の冒険」と名づけました。「希望」が語られにくい今の時代の中で、大人と子どもがどのようにことばを通い合わせていくことができるのか。それはまさに「冒険」の名に値する仕事だと感じているからです。

今子ども時代を生きている読者はもちろん、かつて子どもであった人たちも、本シリーズに収録された作品たちを手掛かりに、それぞれの冒険の旅に足を踏み出せるよう願っています。

日本児童文学者協会「児童文学 10の冒険」編集委員会

出典一覧

魚住直子『Two Trains』（学習研究社）
岡田なおこ『ひなこちゃんと歩く道』（童心社）
佐藤多佳子『ハンサム・ガール』（理論社）
ときありえ『クラスメイト』（文溪堂）

「児童文学 10の冒険」編集委員会
津久井 惠・藤田のぼる・宮川健郎・偕成社編集部
装　画……牧野千穂
造　本……矢野のり子(島津デザイン事務所)

児童文学　10の冒険

友だちになる理由

発行　二〇一八年十二月　初版一刷

編者　日本児童文学者協会
発行者　今村正樹
発行所　株式会社偕成社
〒一六二－八四五〇　東京都新宿区市谷砂土原町三－五
電話〇三－三二六〇－三二二一（販売部）
〇三－三二六〇－三二二九（編集部）
http://www.kaiseisha.co.jp/

印刷　三美印刷株式会社
製本　株式会社　常川製本

NDC913　292p.　22cm　ISBN978-4-03-539770-0

乱丁本・落丁本はおとりかえいたします。
本のご注文は電話・ファックスまたはEメールでお受けしています。
電話〇三－三二六〇－三二二一　ファックス〇三－三二六〇－三二二二
e-mail : sales@kaiseisha.co.jp
JASRAC 出 1811566-801

時間をめぐるお話を各巻5話収録

5分間の物語

1時間の物語

1日の物語

3日間の物語

1週間の物語

5分間だけの彼氏

おいしい1時間

消えた1日をさがして

3日で咲く花

1週間後にオレをふってください

日本児童文学者協会 編

©磯 良一

むかしもいまもおもしろい

古典から生まれた新しい物語 全5巻

日本児童文学者協会・編

〈恋の話〉迷宮《めいきゅう》の王子　スカイエマ・絵

〈冒険の話〉墓場《はかば》の目撃者《もくげきしゃ》　黒須高嶺・絵

〈おもしろい話〉耳あり呆《ほう》一《いち》　山本重也・絵

〈こわい話〉第三の子ども　浅賀行雄・絵

〈ふしぎな話〉迷《まよ》い家《が》　平尾直子・絵